Le fils
de l'océan

Du même auteur, dans la même collection :

Comment je suis devenue grande

Béatrice Hammer
Illustrations d'Antoine Guilloppé

Le fils de l'océan

RAGEOT

ISBN : 978-2-7002-3551-7
ISSN : 1951-5758

Loi n° 49-956 du 16-07-1949 sur les publications
destinées à la jeunesse.

Pour Armand, Héloïse et Thaïs.

Le mensonge

Je n'aurais jamais dû l'ouvrir.

Elle n'avait pourtant l'air de rien, cette petite lettre, cachée entre deux publicités, une enveloppe blanche très ordinaire, une écriture vaguement familière, un timbre passe-partout, rien de spécial à part l'épaisseur, qui m'avait fait penser à une carte d'anniversaire.

Pas de nom au dos, on pouvait tout imaginer, y compris la déclaration passionnée d'une admiratrice secrète qui aurait décidé de passer à l'attaque le jour de mes treize ans.

J'ai eu envie de la garder pour moi, envie de faire durer le plaisir. Sans rien dire à maman, je l'ai fourrée dans mon sac, avec la ferme intention de ne la lire que le soir, juste avant de dormir.

Au collège, toute la journée, j'y ai pensé comme à une bonne surprise que je me serais faite à moi-même, un truc vraiment sympa que je me gardais pour finir la journée en beauté.

Le soir, maman avait fait un « gâteau de la mort », c'est un fondant au chocolat orné d'un drapeau pirate en sucre glace qu'elle me fait depuis que j'ai six ans. Je pourrais me passer du drapeau pirate, c'est sûr, mais elle est tellement fière de sa technique de pochoir au sucre glace que je n'arrive pas à lui dire que je n'ai plus vraiment l'âge. En tout cas, c'était bon, papa souriait gentiment pendant que je m'empiffrais, ils m'ont offert *The Gloomy Spectres of the Doom 2*, avec les morts vivants en relief et les attaques de nuées de vampires, eux qui détestent les jeux sur ordinateur, j'ai apprécié le geste, maman avait mis sa jolie robe verte, tout était à sa place et je me sentais vraiment bien.

Arrivé dans ma chambre, j'ai ouvert l'enveloppe le plus vite que j'ai pu.

Rien qu'à la signature, déjà, j'ai compris qu'il n'y avait pas plus d'admiratrice secrète que de poils à mes joues : tata Béa... c'était tata Béa ! On pouvait rêver mieux pour une déclaration. Tata Béa : la grande sœur de maman, raide, vieille et moche, limite méchante, celle que j'aime le moins de toutes les tantes, cousines, amies d'enfance, copines de fac et autres relations à qui on est tenu de faire la bise même quand on n'en a aucune envie.

En plus, tata Béa n'avait aucune raison d'écrire : elle et maman sont fâchées depuis au moins six mois, une fâcherie comme il y en a déjà eu plein, toujours la même rengaine, tata Béa qui dit à maman de faire ci ou ça, maman qui lui répond qu'elle n'a plus dix ans, l'autre qui se fâche, qui prend sa voix de surveillante générale, maman qui ne se laisse pas faire, le ton qui monte, tata Béa qui invoque le passé, l'expérience, qui appelle maman « ma petite », maman qui s'énerve, qui réclame du respect, tata Béa qui lance une dernière méchanceté, part en claquant la porte, maman qui se met à pleurer, papa qui vient, qui la console en lui disant qu'elle ne doit pas s'en faire, qu'elle a raison et que tata Béa se mêle toujours de ce qu'il ne faut pas, un grand classique, quoi.

Des fâcheries de ce genre, il y en a régulièrement, en général tata Béa ne donne plus signe de vie pendant plusieurs mois, après ça on la recontacte sous un prétexte ou sous un autre, et puis ça repart de plus belle jusqu'à la prochaine fois.

C'était un peu bizarre que tata Béa m'écrive pour mon anniversaire, vu que d'habitude, elle est plutôt du genre à les oublier. À moins qu'elle n'ait eu l'intention de se réconcilier en m'envoyant un énorme chèque ? Ça, c'était plutôt mal me connaître, je ne suis pas du genre qu'on achète, et mes parents non plus.

J'aurais dû m'arrêter là, poser la lettre et l'oublier. C'était le mieux à faire.

Mais bien sûr je l'ai lue. L'écriture était bizarre, comme si la vieille bique s'était appliquée. Comme si elle avait écrit cette lettre pour qu'elle reste, qu'elle prenne sa place dans l'histoire, que je la garde précieusement et qu'on la retrouve, plus tard.

Gustave, disaient les lettres bizarrement bien formées, *à treize ans, tu es bientôt un homme. On ne m'a pas permis d'être avec toi aujourd'hui. Mais je ne peux pas pour autant te laisser dans l'ignorance de ce qui fait ton histoire, te laisser grandir dans un tel mensonge, car je suis persuadée que, quoi qu'en disent tes parents, cette tromperie est extrêmement néfaste pour ton équilibre futur.*

J'ai donc choisi de t'écrire, car il est de mon devoir de réparer, s'il en est encore temps, l'énorme mensonge par omission dont tes parents se sont rendus coupables en dépit de toutes les mises en garde que je leur ai adressées.

Tu trouveras ci-joint la preuve de ce que tu dois savoir.

N'oublie pas que ma porte t'est grande ouverte, et que je suis prête à t'apporter toute l'écoute, le soutien et l'affection dont tu vas avoir besoin.

Tata Béa

Elle avait bien préparé son coup, cette vieille bique. Dans l'enveloppe, à côté de sa missive calligraphiée, il y avait une carte postale jaunie, une carte postale qui datait d'il y a treize ans, le cachet de la poste faisant foi, une carte postale postée à Tahiti où deux palmiers posaient, sur fond de lagon turquoise.

Chère Béa,

Nous avons réussi à trouver, par la filière dont je t'avais parlé, le moyen d'avoir très vite un bébé qui vient de naître. Nous sommes fous de joie ! Oh, Béa, tu vas voir comme ton neveu est beau !

Très affectueusement,

Ta petite sœur,

Sonia

J'ai d'abord voulu sortir de ma chambre en trombe, la carte postale à la main, pour aller montrer à mes parents jusqu'où tata Béa pouvait aller, fabrication de faux, diffamation, calomnie, tout ça simplement pour me gâcher le jour de mes treize ans.

Quelque chose m'a retenu.

Aussi loin que je me souvienne, pourtant, il n'y avait que mes parents : papa, maman, c'était eux encore et toujours, eux qui me prenaient dans leurs bras, eux qui me câlinaient, qui me grondaient, qui me racontaient des histoires, eux qui m'accueillaient dans leur lit quand je tombais malade : papa-maman, comme j'avais pris l'habitude de les appeler, un être bicéphale, un dieu bienveillant qui veillait sur moi depuis toujours et veillerait sur moi à tout jamais.

Pourtant... Cette carte...

Si c'était vrai ?

Tout à coup je me suis senti terriblement seul, petit garçon perdu dans une forêt profonde, le loup rôdait, toutes les peurs, toutes les questions de mon enfance remontaient.

Maman, tu ne me quitteras jamais ? Papa, est-ce que je te ressemble ? Maman, pourquoi j'ai la peau mate ? Papa, tu es sûr que c'est à cause de cette arrière-grand-mère polynésienne que je suis comme ça ? Maman, ça veut dire quoi, des gènes récessifs qui ont sauté deux générations ? Papa, à la récré, ils se sont tous moqués de moi en disant que vous me mentiez, qu'est-ce que je peux répondre ? Maman, les copains ne veulent pas me croire, ils disent que je suis adopté, qu'ils en sont sûrs, que je ne vous ressemble presque pas, tu crois que je dois leur casser la figure ? Papa, tu peux me montrer sa photo ? Qu'est-ce qui me prouve que c'était ta grand-mère ? Maman, comment c'était quand j'étais dans ton ventre ? Papa, tu y étais, à ma naissance ?

Papa-maman avaient toujours répondu très gentiment à mes demandes. Ils m'avaient rassuré, m'avaient expliqué que les autres enfants étaient sûrement jaloux de mon teint doré, qu'ils n'y connaissaient rien en génétique et que, de toute façon, la seule chose qui comptait, au fond, c'était que mes parents m'aimaient.

Je me suis assis sur mon lit.

Plus j'y pensais, plus j'étais sûr que cette carte était vraie. Tata Béa n'aurait eu aucune raison de fabriquer un faux. Cela n'aurait rimé à rien.

Au fond de moi, je n'étais pas vraiment surpris. Comme si une partie de moi l'avait su depuis longtemps.

Peut-être depuis ce jour d'automne, au jardin du Luxembourg. J'avais huit ou neuf ans, je marchais avec papa dans les feuilles mortes, on avait fait un super footing tous les deux, j'avais presque couru aussi vite que lui.

Je lui avais demandé s'il était fier de moi, il m'avait dit oui en posant sa main sur mon épaule et ça m'avait fait très chaud. On avait marché tous les deux en silence, sa main était restée sur mon épaule, il s'était raclé la gorge, il avait dit « Gustave » et j'avais senti qu'il allait dire quelque chose d'important. À ce moment, son portable avait sonné, c'était maman qui voulait qu'on rapporte du pain. Papa avait presque eu l'air d'être pris en faute.

Quand il avait raccroché, il m'avait dit que maman m'aimait vraiment beaucoup, et puis plus rien. Mais j'avais eu l'impression que ce n'était pas ça qu'il avait voulu me dire au départ.

J'ai pris mon oreiller dans mes bras. Qu'est-ce que je pouvais faire ?

Le sourire de maman tout à l'heure à table, pendant que je croquais à belles dents ma part de « gâteau de la mort », me revint à l'esprit.

Maman avait tellement envie que je sois heureux. Maman était prête à tellement de choses pour me voir rire ou sourire. Maman avait tellement peur que je pense qu'elle ne m'aimait pas. Combien de fois me l'avait-elle dit – et soudain ses paroles prenaient une dimension nouvelle – quoi qu'il arrive dans notre vie, Gustave, je veux que tu saches que tu es ce que j'aime le plus au monde, ma meilleure raison de vivre, je veux que tu saches que sans toi, je n'aurais pas pu être heureuse.

C'était ça qu'elle voulait, tata Béa, avec sa carte jaunie lancée comme un missile en plein dans mon bonheur. Que j'arrête de croire ma mère. Que je ne puisse plus lui faire confiance.

Lentement, j'ai enfilé mon pyjama.

Je la voyais, chez elle, se frottant les mains, ricanant en pensant à la pénible scène d'explication qui avait lieu chez nous au même instant. Une scène qui prouverait qu'elle avait raison, elle, tata Béa, elle, qui avait bien dit, qui savait, qui avait prévenu... tandis que Sonia, cette petite tête en l'air... et son écervelé de mari...

En parlant de tout ça à papa-maman ce soir, je deviendrais l'instrument de tata Béa, le bras de sa vengeance, je me ferais son porte-parole, je fournirais la preuve que mes parents étaient de mauvais parents.

J'ai bondi hors de ma chambre pour aller embrasser papa-maman que mon geste a un peu surpris, puis je me suis glissé dans mon lit, sûr que jamais je ne ferais le jeu de tata Béa.

Je n'avais qu'à continuer comme avant.

J'ai éteint la lumière et j'ai fini par m'endormir.

J'ai rêvé que je courais, très vite, en riant aux éclats, au sommet d'une montagne ; l'air était vif, le ciel presque transparent, mes pieds couraient et j'avais presque l'impression de m'envoler. La lune brillait, autour de moi, tout était clair et beau.

Soudain, sans raison apparente, j'ai trébuché. Perdant l'équilibre, j'ai commencé à dévaler la pente, je me cognais sur les rochers, je glissais sur les herbes, je cherchais désespérément à me raccrocher quelque part, mais en vain. Chaque fois que mes doigts se refermaient sur quelque chose – un bout de branche, une racine, une aspérité du rocher – je lâchais prise, entraîné par mon propre poids.

C'était une chute qui ne s'arrêtait pas, je dévalais la pente de plus en plus fort, de plus en plus vite, le vertige me prenait, ma tête n'était plus que douleur, mon cœur semblait près d'éclater.

Je me suis réveillé. Un poids énorme m'empêchait de respirer. J'ai senti de grosses larmes me monter aux yeux. Je ne les ai pas laissées sortir, bien sûr, à mon âge on ne pleure pas comme un gamin, mais les pensées ont commencé à tourner dans ma tête sans que je parvienne à les mettre en ordre. Voilà. J'étais un enfant adopté. Mes pires copains avaient raison, papa-maman m'avaient menti, j'étais complètement idiot de les avoir crus.

Qui était au courant ? Qui savait ce que j'ignorais ? Qui d'autre que papa-maman ? Que papa-maman… et tata Béa ?

Tout le monde, probablement.

Qu'avaient pensé les gens ? Les profs ? Les voisins ? Que j'étais un gros nigaud ? Un affreux menteur ?

Les menteurs, c'était eux, papa-maman. Mes parents. Enfin… Ceux qui me tenaient lieu de parents.

Adopté par deux menteurs.

Pourquoi ne m'avaient-ils rien dit ? Qu'avaient-ils à cacher ?

Un drôle de sentiment s'insinuait dans mon cœur. Un sentiment sur lequel je n'arrivais pas à mettre de nom, mais qui me faisait comme une démangeaison légère, un peu douloureuse mais surtout agaçante parce que je ne parvenais pas à ne plus y penser.

Le lendemain, au moment de prendre mon petit déjeuner, je sentais toujours la démangeaison. Je la sentais si fort que j'ai failli en parler à maman. Mais j'ai repensé à tata Béa, j'ai regardé maman, elle avait l'air tellement naturelle, tellement comme d'habitude, elle se ressemblait tellement que j'ai eu envie qu'elle reste comme ça, celle que j'avais toujours connue, celle qui m'aimait. Il me semblait que si j'évoquais cette démangeaison, tata Béa allait me pousser dans la pente, et que j'allais me retrouver tout à coup en train de la dévaler, seul, sans rien ni personne à qui me raccrocher.

Je n'ai rien dit.

Mais je n'ai rien pu avaler.

Au collège, la journée s'est passée presque normalement. Au moins là-bas, personne ne pouvait savoir. À la cantine, j'ai un peu parlé à Julien. Bien sûr, je ne lui ai pas parlé de la lettre, mais je lui ai demandé ce que ça lui ferait s'il apprenait du jour au lendemain que ses parents n'étaient pas ses parents.

– Je serais trop content ! a fait Julien en rigolant.

Et devant mon air perplexe, il a développé.

– Tu imagines ? Échapper une bonne fois à tous les « Oh, mais on dirait sa maman », « Ah, c'est tout le portrait de son papy », « Il a le nez de tonton Georges », « Il est désordonné comme son grand frère », « Contrairement à sa petite sœur, il est très peu soigneux » et gnin gnin gnin, et gnin gnin gnin, tu réalises la joie ? C'est comme si tout à coup, on devenait entier. Unique. Inimitable. Comme tu ne sais pas à qui tu es censé ressembler, tu peux faire exactement ce que tu veux.

Être toi. Sans personne pour te dire que tu devrais plutôt t'orienter vers ci ou ça. Pour te prédire que tu n'arriveras pas à ça parce que, dans la famille, personne n'y est jamais arrivé. Bref, la liberté ! Tu parles si ça me plairait !

Je n'étais pas vraiment convaincu, mais enfin il n'avait pas l'air de penser qu'il s'agissait d'une tare insurmontable, ou qu'il y avait là-dedans quelque chose qui justifie qu'on se réveille au milieu de la nuit en sueur, avec l'impression que tout l'univers s'est écroulé et que l'on a entamé une chute sans fin.

Je me sentais donc un peu mieux quand je suis rentré à la maison, le soir. Mais dès que j'ai passé le seuil de la porte, ou plutôt dès que j'ai enfoncé la clé dans la serrure, j'ai senti la démangeaison qui reprenait, comme un mal de dents qu'on n'arrive pas à chasser même en se gavant d'aspirine.

Je ne sais pas pourquoi, maman s'est mis en tête que pour survivre, tout enfant qui n'a pas atteint sa majorité est tenu d'ingurgiter une quantité énorme de soupe, comme si c'était une potion magique, une sorte de garantie de bonne santé. D'habitude, ça m'amuse, je fais exprès de m'en servir très peu juste pour le plaisir de l'entendre me demander d'en reprendre, Gustave chéri, tu sais c'est bon pour la santé.

Ce soir-là, ce n'était vraiment pas pour rigoler : j'étais sûr que j'allais vomir si j'essayais d'en avaler ne serait-ce qu'une cuillerée.

– Allez Gustave, fais un effort ! a dit papa en plaisantant. Une cuillerée pour maman !

Ça fait partie des choses qui commencent à m'agacer chez papa : ces espèces de blagues idiotes qu'il ne peut pas s'empêcher de faire sans se rendre compte que j'ai passé l'âge. D'habitude, pour lui faire plaisir, je réponds en zozotant, en prenant une voix de bébé. Ça le fait rire. Mais cette fois, je n'avais pas le cœur à ça.

– Je t'assure, je n'y arrive pas.

– C'est vrai, ce mensonge ? a demandé maman en souriant à son tour.

Vrai, ce mensonge... Une immense détresse m'a envahi. Complètement insupportable. Si je restais là, j'allais me mettre à pleurer, ou peut-être à crier, en tout cas je serais incapable de garder pour moi ce que j'avais appris. Alors je me suis levé, j'ai dit excusez-moi, je ne me sens pas bien, et je suis allé me réfugier dans ma chambre.

J'ai entendu maman demander à papa ce que je pouvais bien avoir et, devant son silence, elle a dit dans un petit rire que je vivais peut-être mon premier chagrin d'amour.

Papa a ri aussi.

J'ai tué trente-trois morts vivants sans arriver à me sentir mieux.

Le soupçon

Ça ne passe pas. Je ne peux plus manger.

À la cantine, ça n'est pas trop gênant : il n'y a personne pour le remarquer, et puis de toute façon, la nourriture est tellement mauvaise que je suis loin d'être le seul. En plus, quand je suis avec Julien, on s'amuse tellement tous les deux que j'arrive à ingurgiter deux ou trois choses, un peu de pain, des pâtes quand il y en a, presque sans y penser.

Mais à la maison, impossible. Comme si ma gorge, comme si mon ventre se fermaient dès que je passe le seuil.

Le matin, quand maman a le dos tourné, je vide mon bol de lait dans l'évier, très doucement pour que ça ne fasse pas de bruit, et je fourre les tartines dans mon sac.

Sur le chemin du collège, je les jette dans une grosse poubelle, et le tour est joué.

Le problème c'est le soir : on est forcément ensemble, ils voient très bien ce que je prends dans mon assiette ; impossible de faire semblant.

Depuis l'épisode de la soupe, j'essaie de ruser. Hier, j'ai raconté qu'il y avait eu un goûter avec dégustation de scones, de jelly et de christmas-pudding au cours d'anglais. En fait, ça s'est passé l'année dernière, et à l'époque ça ne m'avait pas empêché de manger le soir avec papa-maman, mais enfin ils ont gobé l'explication.

Ce soir, ça a été plus difficile. Maman m'avait cuisiné des pâtes à la carbonara : mon plat préféré.

Mais plat préféré ou pas, j'étais sûr que je n'arriverais pas à l'ingurgiter.

Comme je ne pouvais vraiment pas laisser mon assiette vide sans que ça se voie, je me suis servi le moins possible, en étalant les pâtes au maximum pour que ça ne paraisse pas bizarre, et puis en priant pour ne pas avoir un haut-le-cœur, j'en ai pris d'un coup une énorme bouchée que j'ai coincée au fond de ma joue. Puis je me suis levé précipitamment, direction les toilettes où j'ai tout recraché.

Ensuite, j'ai chipoté dans mon assiette pendant quelques minutes supplémentaires, puis j'ai enfourné une énorme bouchée que j'ai couru recracher dans la poubelle de ma chambre.

J'ai expliqué que je m'étais rappelé qu'il fallait absolument que je mette le cédérom des *Spectres of the Doom* dans mon sac à dos pour le prêter à Julien demain, vu qu'un de ses frères lui avait écrasé son répertoire de jeux soi-disant sans le faire exprès.

Maman a entonné son petit couplet sur les heures gâchées à s'abrutir devant l'ordinateur, papa a gentiment mentionné que, d'après une étude récente, il semblait que la pratique des jeux vidéo ait plutôt une bonne influence sur le développement des capacités d'apprentissage, pendant ce temps je me demandais comment j'allais me débarrasser du reste de mes pâtes.

Finalement, à court d'inspiration, je les ai avalées. Ensuite, j'ai arrêté de respirer et je me suis concentré sur l'horloge de la cuisine, je comptais chaque seconde qui passait pour ne pas penser à ces pâtes en train de gargouiller dans mon estomac.

Ils ne se sont aperçus de rien, papa a juste dit à maman qu'elle avait fait bien plus de pâtes que d'habitude, maman a répondu qu'en effet, c'était curieux, elle avait dû avoir la main un peu lourde au moment de les faire cuire, moi j'ai déclaré avec mon plus beau sourire que je ne savais pas quelles capacités ça développait, les pâtes, mais qu'entre *The Spectres of the Doom* et les pâtes carbonara, je n'hésiterais pas longtemps. Maman a souri, et j'ai senti que le soupçon qui pesait sur mon assiette s'allégeait.

À part ces problèmes pour manger, je ne me sens pas trop mal, pour un enfant adopté.

Je ne sais pas pourquoi, j'aurais pensé que ça faisait plus mal que ça. D'apprendre tout d'un coup qu'on a été abandonné. Parce que pour que j'aie été adopté, il a bien fallu que je sois abandonné, forcément. Et ça, ça n'est quand même pas très agréable à imaginer.

Je ne m'y connais pas trop en physionomie de bébé, mais il me semble que sur les premières photos de l'album où on me voit avec papa-maman, je suis vraiment très jeune. (À propos de photos, j'ai vérifié, il n'y en a aucune de moi avec maman dans une clinique ou dans un hôpital, pas plus qu'il n'y a de photo où on verrait maman enceinte. C'est sûr que la carte de tata Béa est authentique.)

Si je suis très jeune sur les photos, ça veut dire qu'on m'a abandonné alors que j'étais tout bébé. À la naissance, peut-être.

Logiquement, ça aurait dû me traumatiser.

Mais non. Pas tant que ça. Je ne me sens pas si mal.

Enfin, à part ces histoires de nourriture.

Ce week-end, j'ai de la chance, je suis invité chez Julien. En général, ses parents ne font pas trop attention à ce qu'on mange, et Julien ne refuse jamais qu'on lui repasse deux ou trois petits trucs qu'on n'arrive pas à terminer. Dimanche soir, je pourrai toujours dire que j'ai tellement mangé le midi que je n'ai plus trop faim.

Je rentre de chez Julien.

Pour les repas, ça s'est passé comme prévu. J'ai refilé mes portions à Julien en douce, c'est un vrai pote. Personne ne m'a posé de questions gênantes, je me sentais franchement soulagé. Il faut dire qu'au milieu de ses trois frères et de ses deux sœurs, notre petit manège est passé facilement inaperçu.

Quand le grand frère de Julien a proposé de regarder un documentaire à la télé, je ne me suis pas méfié. D'ailleurs, au début, je n'ai pas fait le rapprochement. Ça parlait de trafics d'enfants au Mexique, il n'y avait aucune raison pour que je me sente concerné.

C'est au moment où la journaliste a commencé à donner des chiffres que j'ai eu comme une sueur froide. L'impression que d'un coup, alors que j'étais bien réveillé, que tout le monde était là, autour de moi, je me trouvais à nouveau précipité dans le vide, sans que personne s'en rende compte, et que je tombais, tombais,

tombais, en même temps qu'une peur effroyable s'emparait de moi, en commençant par les mains et en descendant à une vitesse fulgurante jusqu'aux orteils.

La journaliste était en train d'expliquer qu'il existait des filières permettant aux riches Occidentaux qui souhaitaient avoir un bébé très jeune d'en obtenir un, moyennant des sommes d'argent assez importantes. Plus précisément : au lieu de proposer à l'adoption les enfants des orphelinats, généralement trop vieux, certains intermédiaires se procuraient des nourrissons qu'ils revendaient au prix fort.

Le problème, c'est qu'il arrivait que ces nourrissons soient volés.

Une femme parlait de son bébé qui avait disparu. Elle ne pleurait pas, mais on sentait dans son regard un désespoir immense. Mon bébé, disait-elle. Ils me l'ont pris, je ne sais pas pourquoi. Trois ans déjà. Aujourd'hui, même si je le rencontrais, je ne pourrais pas le reconnaître. Mon fils.

Sa voix était grave, un peu enrouée, ses yeux très sombres. Je me suis senti transpercé, j'ai eu envie de hurler : je suis là, regarde-moi, c'est moi !

C'est à ce moment-là que Julien a demandé à son frère s'il ne pouvait pas zapper.

– Non, surtout pas ! j'ai crié bien trop fort. Je veux savoir la suite !

Un espoir absurde me faisait supposer que cette femme allait retrouver son enfant, qu'un bon génie, la journaliste peut-être, le lui rapporterait, et qu'il lui sauterait au cou en disant qu'il avait attendu ce moment depuis le premier jour.

Au lieu de ça, la journaliste poursuivait son enquête : elle annonçait les prix des bébés, prix dépendant essentiellement du sexe (les filles coûtant plus cher que les garçons), de la couleur de la peau (les peaux claires étant plus recherchées), de celle des yeux (les yeux bleus représentant un must) et de celle des cheveux (les blonds étant évidemment les plus cotés).

Compte tenu de ces critères, je suis franchement le bas de gamme.

Parce que c'est cela qui a commencé à s'insinuer dans mon esprit, comme une lame immense qui se serait mise à trancher dans ma chair juste à l'endroit de la démangeaison : « nous avons réussi à trouver, par la filière dont je t'avais parlé, le moyen d'avoir très vite un bébé qui vient de naître »... Si c'était ça, la filière ? Si j'avais été volé à mes vrais parents pour être vendu à papa-maman ? S'ils m'avaient « commandé » ?

Non, c'était impossible. Jamais papa-maman n'auraient pu faire une chose pareille. Et puis rien ne me disait que ce qui était montré dans ce documentaire au Mexique avait son équivalent en Polynésie.

Et quand bien même cela existerait, rien, absolument rien ne pouvait me faire supposer que mes parents aient été capables d'arracher un enfant à sa mère. Maman me l'avait assez dit, c'est le pire crime qui soit.

Quand j'étais jeune, elle avait une peur bleue des kidnappeurs d'enfants. Jamais elle n'aurait pu commettre une telle horreur, même par personnes interposées.

La lame avait atteint la région du cœur, et au lieu de trancher une bonne fois elle ressortait, farfouillait, hésitait, se repositionnait quelques millimètres plus bas...

Parce qu'après tout, comment expliquer ce silence de treize ans ? Ce mensonge de treize ans ? Comment expliquer que l'on ne m'ait rien dit de mon histoire ? Pourquoi tata Béa tenait-elle tellement à ce que je la découvre ? Sûrement pas pour mon bien, malgré tout ce qu'elle pouvait dire.

Non, si elle voulait que j'apprenne cela, c'était pour me couper à tout jamais de mes parents.

Qu'est-ce qui pouvait bien me couper de mes parents ? Apprendre qu'ils m'avaient adopté ? Certainement pas. Adopter un enfant abandonné, lui donner son amour, lui offrir une place quand plus personne ne veut de lui, c'est bien la dernière chose que l'on peut reprocher à quelqu'un. On peut en vouloir à ses parents biologiques de vous avoir abandonné, pas à ceux qui vous ont recueilli.

Leur mensonge, alors. Leur silence. C'est vrai que cela me faisait froid dans le dos, de réaliser qu'ils m'avaient menti depuis si longtemps. Je leur en voulais, c'était certain. Surtout, je n'arrivais pas à comprendre pourquoi ils avaient fait ça. Mais je ne leur en voulais pas à mort.

Pour quoi, pour quelles raisons aurais-je pu leur en vouloir à mort ? Les détester, les haïr à tout jamais ? Les rayer de la carte, les supprimer de ma vie, les mépriser ?

Il fallait qu'ils aient fait quelque chose d'affreux, quelque chose d'horrible, quelque chose d'innommable.

S'il n'y avait rien eu de honteux à mon adoption, papa-maman n'auraient eu aucune raison de me la cacher.

Ç'aurait été bien plus simple de me raconter la vérité que de me bourrer le crâne avec cette arrière-grand-mère polynésienne de qui j'étais supposé tenir mes yeux, mes cheveux et ma peau, et à laquelle personne ne croyait à part moi. Même si papa avait vaguement les yeux en amande et le teint un peu plus hâlé que le Français moyen, c'était franchement tiré par les cheveux.

Non, s'ils ne m'avaient rien dit, s'ils m'avaient maintenu dans l'ignorance, s'ils m'avaient menti tout au long de ces années, s'ils avaient abusé de ma confiance d'enfant, c'est qu'ils voulaient me cacher quelque chose d'épouvantable.

Quelque chose qui anéantirait à tout jamais mes sentiments pour eux.

Il n'y avait qu'une explication possible.

Une seule.

Mais non, j'étais en train de délirer, impossible de toute façon que papa-maman fassent ce genre de chose, impossible de penser qu'ils aient pu faire un tel mensonge, impossible de supposer qu'ils aient pu me voler mon amour.

Impossible... Pourtant, ils n'avaient pas hésité à me mentir. Cela, c'était certain. Même si tata Béa l'avait fait pour nous faire du mal, elle avait soulevé un coin du voile. Pour mentir, ils avaient menti. L'aurais-je cru possible ?

Le couteau tranchait un petit morceau de chair vive.

Non, s'ils m'avaient menti, c'était sûrement par désir de trop bien faire. Maman voulait à tout prix que je sois un enfant comme les autres. Pour rien au monde elle n'aurait accepté que je me sente différent, que je puisse penser qu'elle m'aimait moins qu'une mère n'aime ses enfants. C'est là, et pas ailleurs, qu'il fallait chercher l'explication de ce mensonge. Un mensonge pour que je ne me trompe pas sur l'essentiel.

Arracher un bébé à sa famille, c'est le tromper sur l'essentiel.

– Gustave, tu as décidé de prendre racine devant la télé ? me demandait Julien.

– Attends, il y a un truc auquel je pense, il faut que je trouve la réponse.

– Une réponse par oui ou non ?

– Oui.

– Tire-la à pile ou face !

Pourquoi pas après tout ? J'ai sorti une pièce de ma poche et je l'ai lancée en l'air en fermant les yeux.

– Pile c'est oui, face c'est non ! ai-je annoncé au dernier moment.

– Ben mon pote, elle a l'air un rien compliquée, ta question, a fait la voix amusée de Julien.

Ma pièce était tombée sur le canapé. Coincée entre deux coussins, elle reposait tranquillement sur la tranche.

Au lieu de rigoler comme Julien, je me suis effondré.

C'est dur à dire, mais moi, la terreur des morts vivants, le justicier des ténèbres, je me suis mis à pleurer, là, de but en blanc, comme un môme de huit ans, c'est tout juste si je ne lui suis pas tombé dans les bras, à Julien, heureusement ses frères et sœurs avaient disparu, surtout Lisette, celle qui a juste un an de plus que lui, Lisette c'est ma préférée, peut-être bien qu'un de ces jours... Enfin, heureusement que Lisette ne m'a pas vu.

Julien a été très bien. Il m'a donné un de ses grands mouchoirs en tissu qu'il trimballe partout, m'a proposé de passer ma tête sous le robinet, puis sans me faire de grand discours il m'a emmené dans sa chambre, histoire d'être au calme.

J'ai bafouillé deux trois excuses complètement débiles, affirmé que j'étais épuisé, et je me suis couché.

C'est au milieu de la nuit, quand je me suis réveillé en sueur après avoir une nouvelle fois dévalé la pente sans pouvoir me raccrocher à rien, avec cette angoisse effroyable qui tambourinait dans mes côtes, que j'ai fini par tout déballer.

– Écoute, Gustave, m'a fait Julien en fronçant les sourcils comme quand il s'attaque à un troupeau de goules et qu'il est sûr de les avoir, il faut voir les choses en face. D'après ce que tu m'as raconté, il y a des chances pour que tu aies vraiment été adopté. La carte envoyée par ta tante, l'absence de photos de ta mère enceinte dans les albums, sans parler de ce flou artistique qui a toujours répondu à tes questions précises, du genre ce qui compte c'est qu'on t'aime… Bon. Tu as donc été adopté. Ça n'est ni une tare de l'être, ni un crime de le faire. Ça n'est pas très malin de ne rien t'avoir dit, mais il y a toujours des tas de fausses bonnes raisons qu'on peut se donner pour faire des choses pas très futées. Tes parents ne sont pas des dieux, bon, c'est dur à supporter mais ça n'est pas la mort. Après, il y a cette histoire d'enlèvement, de vol, d'achat. On peut remarquer au passage que rien ne prouve que ça existe en Polynésie. Faudrait déjà se renseigner là-dessus. Mais bon. Admettons. Tu as été volé alors que tu venais de naître. De deux choses l'une : soit tes parents le savent, soit ils l'ignorent. S'ils l'ignorent, ça ne sert à rien de te rendre malade : ils ne sont pas coupables. Maintenant si, par malheur, ils étaient au courant – il y a très peu de chances mais admettons – ça changerait un peu les choses. Ça serait pas top. Ceci dit, on ne condamne pas les gens sans leur donner la possibilité de s'expliquer. Et c'est pas en faisant ton espèce de grève de la faim en douce que tu arrangeras les choses. Tu te sens mal ? Tu veux savoir ? Ça te reste en travers de la gorge ? Eh bien, je vais te dire : pour connaître la vérité, il n'y a pas trente-six solutions. Tu prends ton plus beau sourire, et tu vas leur poser la question. S'ils essaient de te mentir, tu le sentiras.

– C'est compter sans tata Béa. Je refuse d'entrer dans son jeu.

– On s'en tape, de ta tata Béa, fait Julien. Tu lui fais trop d'honneur. La laisse pas te pourrir la vie.

Mais je reste inflexible. Je sens trop bien qu'elle veut se servir de moi. Je ne supporte pas ce genre de chose.

– Je suis sûr qu'il y a une solution, m'affirme Julien. On va la trouver illico, tu vas voir.

Mais un quart d'heure plus tard, dans le silence de la nuit, il convient en bâillant que la chose est plus compliquée qu'il ne s'y attendait. Qu'un p'tit roupillon ne nous ferait pas de mal.

Curieusement, je me sens mieux. Je ne suis plus seul face à la pente raide ; comme si un arbre avait poussé pendant la nuit, un petit arbre auquel me raccrocher.

Le lendemain matin, je me demande si je n'ai pas rêvé ma séance de confidences et de pleurs ridicules. Mais la mine de Julien, le froncement de ses sourcils devant son assiette de Rice Crispies balaient mes doutes. La seule chose que j'ai peut-être rêvée tout éveillé, pendant treize ans, c'est que j'avais une famille comme tout le monde.

C'est à la troisième assiette de céréales que Julien défronce ses sourcils et claque des doigts d'un air triomphant.

– J'ai trouvé ! La nana qui a fait ce film…

Il exulte comme s'il avait abattu d'un coup d'épée une trentaine de goules déchaînées :

– On va lui envoyer un mail !

La couleur des yeux

Plutôt bien fait, le site de Canal Un. On y trouve facilement ce qu'on cherche. En l'occurrence : le mail de Laure de Bellegarde, la journaliste qui a fait cette émission.

Je lui envoie un long message où j'explique tout, papa-maman, tata Béa, l'arrière-grand-mère soi-disant polynésienne, mes vrais parents qui m'attendent quelque part, entre deux palmiers et un lagon turquoise.

Et puis, je me mets à espérer. Laure de Bellegarde saisissant son téléphone pour me fixer un rendez-vous, dans un café du quartier Latin. Laure de Bellegarde décidant de consacrer un reportage entier à ma vie, Laure de Bellegarde convainquant les producteurs de financer notre voyage en Polynésie, Laure de Bellegarde fouillant chaque atoll à la recherche de mes parents, Laure de Bellegarde, enfin, s'effaçant discrètement pour me laisser à la joie des retrouvailles.

Le lendemain, mon cœur bat la chamade quand je vois, sur l'ordinateur de Julien d'où j'ai envoyé le message, clignoter le signal qui m'indique que j'ai une réponse. Comme si je devais abattre un escadron de dragons spectraux d'un seul clic, j'ouvre le mail.

Bonjour, dit l'ordinateur. *Je suis Valérie, l'assistante de Laure de Bellegarde chargée de gérer ses e-mails.*

Je ne sais pas pourquoi, j'imagine cette Valérie boulotte avec de grosses lunettes.

Laure effectue actuellement un grand reportage sur les trafics d'organes ; elle est sincèrement désolée de ne pas répondre directement à votre message.

Sincèrement, mon œil ! Ça sent à plein nez la formule qu'elle sert à tout le monde. Y a pas à dire, je suis déçu.

Mais je continue tout de même de lire.

Nous recevons environ 300 messages par jour. Il nous est donc impossible de répondre de manière personnalisée à tous.

Nous, comment ça, « nous » ? Je lui ai pas écrit, moi, à la boulotte rondouillarde ! Pour qui elle se prend ?

Cependant, j'ai choisi de répondre à votre message, car il m'a touchée personnellement.

Ça y est, elle va me raconter sa vie.

Voici les trois choses que je peux vous dire.

1) Nous ne saurions trop vous recommander d'entamer un dialogue avec vos parents adoptifs, car ils sont les mieux placés pour comprendre vos doutes et vous donner les informations dont vous avez besoin.

Avec des conseils comme ça, c'est sûr qu'elle pourrait gagner le concours mondial de Miss Intelligence.

2) Renseignements pris, il s'avère que la situation de la Polynésie est tout à fait particulière en ce qui concerne l'adoption. En effet, dans la tradition polynésienne, il était fréquent de confier de jeunes bébés à des parents, des amis, pour qu'ils soient nourris (la fameuse adoption « fa'a'amu »).

Très fameuse en effet.

Elle se fiche de moi, j'en suis sûr.

Il s'agissait là d'une coutume parfaitement intégrée dans la société polynésienne, le don d'enfant étant un cadeau sans contrepartie, fait d'une part pour être agréable à celui à qui l'on confiait l'enfant, et d'autre part pour assurer à cet enfant un avenir meilleur que celui qu'il aurait eu en restant avec ses parents biologiques.

Ces enfants n'étaient donc pas abandonnés, et leurs parents biologiques restaient en contact avec eux.

Ravi de l'apprendre.

Avec la venue des Occidentaux (les « popa'a ») ce système a connu quelques dérives. Certains ont exercé des pressions pour susciter le don d'enfant. D'autres ont proposé de l'argent. On a vu également des Polynésiens réclamer des cadeaux en échange de ce don. Mais ces pratiques restent marginales, et sont combattues aussi bien par les autorités que par les associations de parents adoptifs.

Me voilà rassuré.

Aujourd'hui, il y a principalement deux manières d'adopter un enfant polynésien.

Soit les parents adoptifs entrent en contact directement avec des parents désirant donner leur enfant à l'adoption. Dans ce cas, pour respecter la législation française, il y a simple délégation de l'autorité parentale pendant deux ans, puis l'adoption peut avoir lieu.

Soit les parents adoptifs passent par l'intermédiaire des services sociaux. Ceux-ci leur confient l'enfant comme à une famille d'accueil. Au bout de huit mois, l'adoption peut avoir lieu.

J'ai déjà lu des informations plus palpitantes.

Les vols de nourrissons, tels qu'ils ont été décrits par Laure de Bellegarde dans son reportage, semblent être tout à fait exceptionnels, voire inexistants en Polynésie.

Et qu'est-ce qu'elle en sait, cette Valérie, si je ne suis pas un cas exceptionnel ?

3) Au cas où, en accord avec vos parents adoptifs, vous décideriez d'entreprendre des recherches, et dans l'hypothèse où celles-ci aboutiraient, vous devez vous préparer à un choc important. Je vous conseille de lire tous les ouvrages que vous pourrez trouver sur la Polynésie pour vous y préparer. En effet, vos parents biologiques, même s'ils sont désireux de vous rencontrer, seront pour vous de parfaits étrangers.

De parfaits étrangers.

De parfaits étrangers ?

Pas sûr.

Peut-être que les premiers moments passés, nous nous comprendrions parfaitement.

Parce que, à bien y réfléchir, j'ai toujours eu cette impression sourde que je n'étais pas tout à fait chez moi. Que maman ne me comprenait pas vraiment. Pour des bêtises, des cadeaux qu'elle me refusait, des réflexions qu'elle me faisait, cette manière qu'elle a de considérer que je m'abrutis si je veux regarder la télé ou si je joue sur l'ordinateur…

Peut-être que ma vraie mère ne serait pas comme ça, peut-être même qu'elle et moi, on pourrait jouer pendant des heures aux *Spectres of the Doom*, qu'elle ne trouverait pas ça abrutissant de tuer des morts vivants mais au contraire que ça l'amuserait ?

Papa m'a moins donné cette impression de ne pas me comprendre, sans doute parce qu'en général il ne dit pas grand-chose. Il n'a jamais critiqué mes jeux sur l'ordinateur, par exemple, mais il n'a jamais joué avec moi pour autant. Et ces refus systématiques de faire ne serait-ce qu'une toute petite partie de foot, est-ce que ça n'était pas une preuve ?

Peut-être que mon vrai père adore ça ! Et le ketchup, j'aurais dû trouver ça bizarre que ni papa ni maman ne puissent en manger, tandis que j'en avalerais facilement un pot entier…

Non, maintenant que j'y réfléchis bien, sans parler des histoires de couleur de peau ou de cheveux, il y avait tout un tas d'indices qui auraient pu me faire comprendre que ce n'étaient pas mes vrais parents. Et peut-être que si j'arrive à retrouver les vrais, ce sera une révélation : non seulement je leur ressemblerai physiquement, mais nous aurons les mêmes goûts, nous verrons les choses de la même façon…

– Gustave, qu'est-ce que tu as ?

J'entrouvre les yeux et je vois un visage vaguement familier qui se penche au-dessus de moi. Un peu plus loin, assis sur une chaise en plastique tressé, il y a mon copain Julien. Autour, c'est blanc et métallique.

La prof de SVT m'a demandé d'aller chercher des craies chez la conseillère d'éducation, je me suis levé, j'ai fait trois pas, et voilà, je suis à l'infirmerie, allongé sur un lit tout blanc comme ceux qu'on voit à l'hôpital.

– Ça va, ça va, dis-je avec le sourire le plus enjoué possible. J'ai vu un peu tout noir mais maintenant c'est fini.

– Tiens bois ça, fait gentiment l'infirmière en me tendant un bol de soupe fumant.

Dans cet univers glacial où il n'y a que mon pote Julien et cette femme que je connais très peu, j'avoue que les gorgées de soupe bien chaude me font beaucoup de bien.

J'en reprendrais avec plaisir, mais l'infirmière m'arrête : je ne dois pas trop en prendre d'un coup, ça pourrait me faire mal à l'estomac.

– J'ai été obligé de leur dire, chuchote Julien d'un air coupable.

– Leur dire quoi ? dis-je, soudain terrorisé.

– Que tu ne mangeais rien ces derniers jours, fait Julien avant d'ajouter à voix basse : pas le reste, bien sûr.

– Je vais appeler tes parents, m'explique l'infirmière gentiment. Tu sais où je peux les joindre ? Chez toi ça ne répond pas.

– C'est normal, ils travaillent tous les deux, et ils sont injoignables dans la journée, dis-je en prenant l'air le plus innocent possible. Mais tout va bien, ne vous tracassez pas.

– C'est que... commence l'infirmière, manifestement gênée.

– Je vais me remettre à manger, je vous jure. Inutile d'en parler à mes parents.

– Tu veux bien m'expliquer ce qui s'est passé ?

– Chagrin d'amour, dis-je avec un petit sourire malheureux.

Elle gobe la chose immédiatement. C'est curieux, je suis presque déçu.

Pas mal, le coup de s'évanouir pendant les cours ; ça vous fait comme une aura. À mon retour en classe, les filles me regardent autrement. L'histoire du chagrin d'amour a sûrement filtré, et le héros romantique que je suis les fait rêver. Si je ne me sentais pas si mal, à l'intérieur, je trouverais ça top.

À la récré, c'est la prof de SVT qui vient me trouver.

Elle est plutôt sympa, un peu timide, avec de jolis yeux noisette et des taches de rousseur. Ça doit pas faire longtemps qu'elle enseigne, en tous cas elle a l'air super jeune.

– Comment ça va, Gustave ? me dit-elle gentiment.

Je n'ai pas trop envie de lui servir le coup du chagrin d'amour.

– Pas top. Il y a des trucs qui me tracassent, je fais en fixant mes chaussettes.

Un silence s'installe, mais qui n'est pas pesant. La cloche se met à sonner. C'est l'heure du prochain cours.

– Il faudrait qu'on prenne le temps d'en parler. Tu finis à quelle heure ce soir ?

Et hop, j'ai un rancard avec la prof de SVT, dans la salle des profs, juste après les cours. Entre ça et les filles qui me coulent des regards langoureux, ce serait plutôt cool, si je n'étais pas en train de dévaler ma pente, sans l'ombre d'une racine à laquelle m'accrocher.

– C'est quoi ces choses qui te tracassent ?

J'ai du mal à trouver mes mots, ma gorge est sèche, je ne sais pas pourquoi. Alors je ne fais ni une ni deux : je farfouille dans mon sac, et je lui fourre la lettre de tata Béa sous les yeux.

– Gustave, dit-elle après avoir relu la lettre plusieurs fois, tu ne peux pas garder ça pour toi tout seul. Tu dois montrer cette lettre à tes parents.

Je fais non de la tête. Puis je retrouve ma voix, je lui explique : tata Béa, elle n'attend que ça, mais moi, je la déteste, je ne serai jamais son instrument.

– Tu ne peux pas rester comme ça, insiste ma prof. En voulant protéger tes parents, c'est à toi que tu fais du mal ; en te faisant du mal, tu leur en fais, à eux aussi.

– Pas du tout, je vous assure, je vais très bien.

Elle me jette un regard gentiment ironique.

– Ne rien manger, tu crois que c'est normal ?

– Vous ne comprenez pas... Tata Béa n'attend que ça. Je ne peux pas.

– Et si elle avait cru bien faire ? demande ma prof doucement.

Je suis sur le point de rétorquer que jamais tata Béa n'a voulu bien faire, mais en y réfléchissant, je suis obligé de reconnaître que c'est possible.

Mais tata Béa en bienfaitrice de son neveu, c'est tout de même un peu dur à avaler.

– Oh, fait ma prof, je n'ai jamais dit qu'elle avait bien fait. Mais elle a cru bien faire. En cherchant à mettre tes parents en difficulté, bien sûr.

– Elle veut démolir ma famille.

– C'est bien possible. Mais en se donnant bonne conscience. Toute l'ambiguïté est là.

Un nouveau silence s'ensuit. Plus je tourne les choses dans ma tête, moins j'ai l'impression de trouver une solution.

– Je ne sais pas quoi faire, je dis avec un pauvre sourire.

– Parle à tes parents. Pose-leur des questions. Ce sont les seuls qui puissent te dire la vérité. Ta tante t'a fourré un paquet de linge sale sur les bras. Il faut que vous le laviez ensemble. Les familles, ça sert à ça.

Je m'entête :

– Je ne veux pas laver le linge de tata Béa.

– Attends, dit ma prof avec un petit sourire en coin, j'ai peut-être une idée. Ils ont les yeux de quelle couleur, tes parents ?

– Désolé, Gustave, il n'en est pas question.

Je viens de demander – seulement pour la forme, pensais-je – l'autorisation à papa de passer le week-end prochain chez Julien, quand ça m'est tombé dessus.

– Depuis un certain temps, je ne comprends pas ce que tu as, développe papa. Tu ne nous parles plus, tu t'enfermes dans ta chambre dès que tu le peux, tu ne réponds que par monosyllabes... Le week-end, tu disparais chez Julien. Le soir, sous prétexte que tu n'as pas faim, tu ne viens même plus t'asseoir à table. Hier, la conseillère d'éducation m'a appelé. Il paraît que tu t'es évanoui la semaine dernière pendant le cours de SVT, que tu as demandé à l'infirmière de ne rien nous dire... Gustave, qu'est-ce qui se passe, bon sang?

– Rien, dis-je, déçu que l'infirmière n'ait pas tenu sa langue.

– Tout ce qui te concerne me regarde, insiste papa. Je suis ton père, j'ai le droit de savoir.

Dans la lumière de ma chambre, ses yeux bleus brillent comme ceux d'un serpent.

– Je n'en suis pas sûr, dis-je en soutenant son regard.

Il y a comme un frémissement. Il détourne les yeux.

Je repense aux taches de rousseur de ma prof, à son sourire et je me lance :

– Tu as déjà fait de la génétique?

– Je ne vois pas le rapport.

– C'est passionnant. Par exemple les petits pois. Il y en a des verts tout lisses et des jaunes tout ridés. Eh bien selon l'agencement des chromosomes, on peut obtenir tous les croisements qu'on veut. Des verts ridés, des jaunes tout lisses… exactement ce qu'on veut.

– Gustave, je n'ai pas envie de parler des petits pois.

– Attends, dis-je en prenant mon temps, je n'ai pas fini. La génétique, ça marche aussi pour les hommes. C'est juste un peu plus compliqué. Il y a aussi des règles, des trucs qui marchent à tous les coups. Prends la couleur des yeux, par exemple. Deux parents aux yeux marrons, mettons. Eh bien, ils ont trois chances sur quatre d'avoir un enfant aux yeux marrons. Mais tout de même une chance qu'il ait les yeux bleus. À condition qu'il y ait des yeux bleus dans leur famille, bien sûr.

– Gustave, arrête de te moquer de moi, tu veux bien ?

– Laisse-moi finir, tu vas voir. Dans l'autre sens, ça ne marche pas. Mais alors pas du tout. Dans l'autre sens, il n'y a pas de hasard. Deux parents aux yeux bleus, tu vois ? Comme… tiens, comme maman et toi.

Papa pâlit un peu.

– À tous les coups, leur fils aurait les yeux bleus. C'est génétique, ça ne se discute pas.

– Qu'est-ce que tu racontes ? bafouille papa.

– Moi aussi ça m'a fait bizarre. Mais la prof est formelle. Tu peux aller lui demander, si ça t'intéresse. Elle donne peut-être des cours particuliers.

L'océan oublié

Il y a eu beaucoup de pleurs, ce soir-là dans ma chambre. Je crois bien qu'on s'y est tous mis. Papa disait que c'était de sa faute, qu'il n'aurait jamais dû accepter qu'on me cache mes origines, maman pleurait en affirmant qu'elle avait voulu bien faire, que ça ne changeait rien, et moi, je répétais qu'on m'avait quand même menti pendant treize ans et caché l'existence de mes vrais parents.

Ça, ça ne lui a pas plu, à papa. Il a crié que les liens du sang, c'était des carabistouilles, et que la seule chose qui comptait, c'était les liens du cœur.

J'ai répondu sur le même ton que dans ce cas, il fallait qu'il m'explique pour quelle raison ils s'étaient sentis obligés de me raconter des bobards.

Là-dessus maman s'y est mise aussi, en criant à son tour qu'elle n'en savait rien, mais que ce qu'elle savait, c'est qu'elle m'aimait trois fois plus que si elle m'avait porté, trois fois plus que sa propre mère ne l'avait aimée.

Tout le monde s'est mis à sangloter. On s'est regardés et on a fini par éclater de rire, tous les trois ensemble. Alors, j'ai pensé à ma prof, et je suis allé chercher la lettre de tata Béa ; je leur ai tout expliqué : comment je n'avais pas voulu leur en parler, comment j'avais contacté Laure de Bellegarde et reçu un mail de Valérie, comment j'en avais parlé à ma prof de SVT, et comment elle m'avait aidé à trouver une manière d'aborder le sujet sans parler de tata Béa.

Papa-maman avaient l'air presque soulagés. Une série de choses qu'ils avaient senties confusément ces derniers temps, les bizarreries de mon comportement, trouvaient une explication. De mon côté, c'était comme si on venait de m'enlever la carapace de dragon qui était tombée sur mes épaules le jour de mes treize ans.

– Gustave, tu n'aurais jamais dû garder tout ça pour toi, a dit papa d'une voix très douce. Tu te rends compte que tu as failli te rendre malade ? Et nous qui croyions que tu avais un chagrin d'amour.

– C'est une forme de chagrin d'amour, a dit maman en me prenant dans ses bras.

– Je ne voulais pas faire le jeu de tata Béa, j'ai dit bravement, en réprimant mon envie de pleurer à nouveau. Je savais qu'elle voulait nous démolir. Elle ne supporte pas qu'on soit heureux. Je la déteste.

– Tu ne devrais pas être aussi dur avec elle, a commencé papa.

Alors là, j'ai halluciné. Papa en train de défendre cette vieille bique ! Quand c'est ma prof de SVT qui s'y colle, passe encore ! Je comprends : elle ne la connaît pas, elle ne peut pas imaginer... Et puis, ma prof, elle est foncièrement gentille, l'idée qu'il y a des gens qui sont là juste pour empêcher les autres d'être heureux, ça doit lui paraître impensable. Mais papa, tout de même ! Depuis le temps qu'elle humilie maman, avec ses airs de Madame qui sait tout...

– Tata Béa a cru bien faire, a poursuivi papa.

– La dernière fois qu'on s'est disputées, c'était exactement à cause de ça, a expliqué maman. Elle pensait que c'était idiot qu'on ne te dise rien. Que c'était très mauvais pour ton équilibre, pour la construction de ta personnalité...

– En fait, contrairement aux apparences, Béatrice a toujours eu un faible pour toi, a précisé papa. Quand tu étais bébé, elle était complètement gâteuse.

– Les choses ont commencé à se gâter quand elle a vu qu'on ne te parlait pas. Qu'on ne te disait pas clairement que tu avais été adopté. Ça lui paraissait aberrant.

Tata Béa prenant ma défense, cherchant à me protéger contre le mensonge de mes parents ? Franchement, c'est plus dur à avaler que la table de multiplication par treize. C'est dire.

– Depuis, c'est un sujet de discorde récurrent entre nous, a continué maman. Et j'avoue que je n'ai pas toujours été de bonne foi, dans nos disputes.

– Quand même, j'ai fait, tata Béa a toujours voulu tout régenter, elle te traite comme si tu étais encore une gamine…

– D'une certaine façon, c'est ce que je suis restée, a fait maman avec un pauvre sourire. Je n'ai jamais été capable de te dire la vérité. Pourtant, au fond de moi, je savais bien que c'était une erreur.

– Il n'y a pas qu'au fond de toi, Sonia, a précisé papa gentiment. Tous les psychologues le disent : il ne faut jamais cacher ses origines à un enfant.

– Mais, alors, j'ai dit à voix basse, si tu en étais convaincue, si tu savais qu'il ne fallait pas… Pourquoi ?

Les yeux de maman ressemblaient à deux puits très bleus, sans fond.

– Je ne sais pas, Gustave, je ne sais pas, a-t-elle balbutié.

– Et toi, papa, pourquoi tu ne m'as rien dit ?

– Je sais, a fait papa, je suis impardonnable. Je voulais que maman te le dise elle-même… J'ai attendu, attendu, et à force d'attendre, un jour on n'y arrive plus. J'ai essayé, pourtant. À plusieurs reprises…

– Au jardin du Luxembourg ?

– Tu t'en souviens ?

J'ai souri. Bien sûr que je m'en souvenais.

Maman avait l'air tellement désemparée, je ne pouvais pas la laisser comme ça. Je lui ai pris la main et je lui ai dit, d'une voix un peu rauque, que j'étais quand même content qu'elle m'ait adopté.

C'était le moment de poser toutes les questions qui me passaient par l'esprit : comment ça s'était passé, comment ils m'avaient trouvé, est-ce que je venais d'un orphelinat ? d'une autre filière ?

Ça leur a fait du bien de parler de ça ; leurs yeux se sont allumés, leurs mines se sont réveillées. Ils se coupaient presque la parole, tellement ils avaient envie, chacun, de me raconter mon histoire. S'ils m'ont raconté des bobards, ils étaient drôlement au point, parce qu'ils avaient exactement la même version tous les deux. À mon avis, cette fois, ils ont dit la vérité.

D'abord, l'arrière-grand-mère polynésienne, c'est vrai. C'est comme ça qu'ils ont eu l'idée d'aller là-bas. Et aussi, a expliqué maman, parce que chez le coiffeur, elle avait lu un article dans un magazine féminin – *Marie Claire*, oui, elle était sûre que c'était *Marie Claire*, d'ailleurs si j'avais été une fille elle s'était dit qu'elle m'appellerait Marie – sur les possibilités d'adoption qui existaient en Polynésie.

– J'avais déjà trente-cinq ans, et je savais qu'en France il fallait attendre au moins cinq ans ; la procédure est très longue, et même quand on a l'agrément, on peut attendre des années avant d'avoir un enfant. Et ça, ne t'adopter qu'à quarante ans, je ne voulais pas.

J'ai insisté un peu, je ne voyais pas ce que ça avait d'horrible de se faire adopter par une femme de quarante ans.

– C'est à cause de ce que disait le gynécologue, a expliqué papa.

J'ai ouvert de grands yeux : que vient faire un gynécologue dans une histoire d'adoption ?

– On pensait que ma stérilité était peut-être d'origine psychologique, a dit maman en rougissant. Parce que tout est normal, là-dedans... Enfin, en apparence...

– On n'a rien trouvé qui explique qu'on ne puisse pas avoir d'enfant, a confirmé papa.

– Dans ces cas-là, il paraît que quelquefois... a commencé maman avant de s'interrompre brusquement, gênée. Je ne voudrais pas que tu le prennes mal, surtout, a-t-elle ajouté.

– Ne t'inquiète pas, Sonia, a dit papa. Si Gustave devait prendre les choses mal, on le saurait.

Il m'a fait un gros clin d'œil avant de lancer :

– Dieu merci, nous avons un fils remarquablement intelligent.

Je savais que c'était pour rire mais ça m'a quand même un peu flatté. J'ai pris un air intéressé.

– Qu'est-ce qui se passe dans ces cas-là ?

– Eh bien, a fait papa, venant au secours de maman, dans ces cas-là, il arrive qu'une grossesse survienne juste après que le bébé adopté est arrivé à la maison. C'est curieux, mais assez courant.

– En l'occurrence ça n'a pas marché, a souri maman. De toute façon avec toi, on était comblés.

– Enfin c'est pour ça qu'on préférait ne pas attendre trop longtemps, a conclu papa. Pour que Sonia ne soit pas trop vieille, si jamais un petit frère ou une petite sœur devait arriver. Tu vois ?

Je voyais.

– Donc j'avais lu cet article dans *Marie Claire*, qui expliquait qu'en Polynésie, il y avait des procédures d'adoption plus courtes. Comme je savais qu'il y avait cette grand-mère polynésienne, du côté de papa, je me suis dit que c'était un signe. Et j'ai commencé à faire les démarches.

J'ai demandé pourquoi ils n'étaient pas allés ailleurs pour chercher un bébé, par exemple au Brésil ?

– On voulait rester dans la légalité, a dit papa. On ne voulait pas acheter un bébé. Tu comprends, a-t-il ajouté avec une telle sincérité que j'ai vu mes derniers soupçons s'envoler, il y a des pays où on vole les bébés pour les vendre aux parents qui adoptent. C'est horrible, tu ne trouves pas ?

J'ai hoché la tête en silence.

– Donc, a poursuivi maman, on a commencé à faire des économies, parce que le billet d'avion, ça coûte tout de même très cher… Tu es un bébé de luxe, tu vois !

– Il nous a fallu à peu près six mois pour rassembler l'argent, a complété papa. J'ai demandé une avance à mon travail, fait quelques heures supplémentaires, Béatrice nous a prêté de l'argent, et on y est arrivés.

– Entretemps on s'est renseignés sur la marche à suivre, a ajouté maman. Et ce qu'on a compris, c'est que le mieux, c'était d'aller sur place. Quand on est là-bas, les choses deviennent beaucoup plus simples.

J'avais envie de les interrompre mais ils étaient lancés, pas moyen d'en placer une.

– On est arrivés à Papeete, a dit papa. Moi qui avais toujours rêvé d'aller en Polynésie, je peux te dire que j'étais content. C'était tout comme dans mes rêves : les palmiers, les lagons turquoise, le petit vent frais, les vahinés…

– On a dit partout qu'on cherchait un bébé, on est allés voir les services sociaux, on a rempli des dossiers, et on a attendu, a fait maman.

– En attendant, on plongeait dans le lagon et on regardait les poissons. Je me souviens qu'on plaisantait, je disais que si ça continuait, on allait adopter quelques poissons exotiques, acheter un grand aquarium, et puis basta, a dit papa.

– Et puis, au bout de deux semaines, on nous a convoqués au bureau des services sociaux. Ils avaient réuni ce qu'ils appellent un conseil de famille, on nous a posé beaucoup de questions, ce qu'on savait de la Polynésie, ce qu'on voulait faire avec cet enfant…

– On avait l'impression de passer un test mais on ne savait vraiment pas quelles étaient les bonnes réponses, a dit papa. Ce n'est pas facile d'imaginer ce qu'on attend de toi dans une culture aussi différente de la nôtre.

– On a attendu encore trois jours pour avoir la réponse, je commençais à désespérer, a fait maman. Et puis on nous a dit qu'il fallait aller à Tikehau, et demander à parler à une certaine Hemia Amui, qu'elle nous mettrait en contact avec quelqu'un qui était peut-être d'accord pour donner son bébé.

La voix de maman tremblait d'émotion.

– On est partis, on a pris un cargo mixte, tu te souviens ? a dit papa. On avait négocié avec le capitaine, normalement il ne restait plus de places, mais il nous en a trouvé deux à fond de cale... Ce n'était pas très confortable, mais c'était pour la bonne cause, a poursuivi papa en me donnant une petite tape sur la tête. On est arrivés dans l'atoll, on a demandé Hemia Amui, personne ne nous répondait, on s'est dit qu'on s'était fait avoir comme des bleus...

– Je m'en souviens très bien, j'étais tellement triste... a dit maman. Papa a voulu me consoler, il a cherché un endroit où on pourrait manger des langoustes, et c'est alors qu'elle est arrivée...

– Une vieille femme qui ne payait vraiment pas de mine, a dit papa. Elle parlait un français approximatif, mais on arrivait quand même à la comprendre.

– Elle nous a posé beaucoup de questions, elle aussi. On a répondu comme on pouvait, et puis elle a disparu. On a recommencé à attendre. On n'y croyait plus, tu te souviens ? a dit maman. Je voulais même rentrer sur l'île de Tahiti.

– C'est vrai qu'on était déprimés. Même la langouste avait un goût amer.

– Elle est revenue deux jours plus tard avec une jeune femme, a dit maman. Une jeune femme qui était manifestement en fin de grossesse.

– Ma mère ? j'ai murmuré.

– Oui, a dit papa en posant sa main sur mon épaule. Elle était très jeune et elle avait l'air perdue. Elle nous a expliqué qu'elle voulait que son bébé ait une belle vie. Qu'elle avait confiance en Hemia Amui. Qu'elle voulait le mieux pour son enfant.

– Je me suis mise à pleurer, a dit maman. Elle avait l'air si fragile, si gentille... et j'étais tellement heureuse de penser que j'allais bientôt faire ta connaissance...

– Ensuite, nous avons attendu que tu daignes montrer le bout de ton nez. La jeune femme est repartie sur le motu où elle habitait. Nous n'avons pas osé lui proposer d'aller la voir.

– C'est Hemia Amui qui est venue nous chercher, trois jours plus tard, a dit maman. Elle nous a emmenés dans un petit bateau jusqu'au faré où tu étais né. C'était une maison traditionnelle, avec un toit de palmes... Je n'ai jamais vu un plus bel endroit.

– Nous sommes entrés dans le faré, il faisait sombre, et la jeune femme était allongée dans son lit. Toi, tu étais à côté d'elle, tu dormais à poings fermés. Elle t'a pris dans ses bras, elle t'a embrassé et elle t'a béni. Puis elle t'a mis doucement dans les bras de maman.

Maman serrait ma main très fort, et papa appuyait sur ma tête comme s'il voulait y plaquer mes cheveux.

– Tu étais si beau, tu sentais si bon, a dit maman.

– Quand je t'ai vu, j'ai tout de suite su que tu me donnerais du fil à retordre, a ajouté papa.

Je sentais l'émotion monter. Je me suis secoué.

– Je ne comprends pas, j'ai dit. Vous avez vu ma mère, vous lui avez parlé… Je croyais que les parents adoptifs ne voyaient jamais les autres parents ? Que c'était interdit ?

– C'est vrai en France, dans certains cas. Mais en Polynésie, c'est complètement différent, a expliqué maman. Il y a une coutume très ancienne qui s'appelle fa'a'amu, ça veut dire « confier son enfant pour qu'il soit nourri », ce n'est pas un abandon, c'est un don… Traditionnellement, on donnait l'enfant à la famille, ou à des amis… On reste en contact avec lui, on ne l'abandonne pas. Il n'y a pas de rupture.

Ça ressemble à ce que Valérie la boulotte m'a raconté. Mais quelque chose me tracasse.

– Tu veux dire que vous êtes restés en contact avec ma mère ?

– Nous lui avons envoyé des photos, a dit papa. Pendant plusieurs années. Et puis un jour…

– Un jour la lettre est revenue, a dit maman. On s'est renseignés, et on a appris qu'il y avait eu un cyclone, et qu'une bonne partie de l'atoll avait été submergée. Ta mère a dû déménager, et on ne sait pas où elle est allée.

– Nous avons essayé de contacter Hemia Amui, a fait papa, pour qu'elle nous dise comment la joindre. Mais Hemia Amui n'a jamais répondu non plus.

– C'était quand ? j'ai demandé.

– Oh, tu étais encore petit, a fait maman. Tu devais avoir… trois ou quatre ans, je pense. Oui, c'est ça. C'était il y a dix ans.

– Elle s'appelle comment ?
– Qui ça ?
– Ma mère, voyons !

Ma voix était presque agressive. Il faut dire que j'étais tout chamboulé de l'intérieur.

– Elle s'appelle Moana 'Aramoi'a, a dit maman, dont les yeux se sont remplis de larmes.
– Un très beau nom, a précisé papa. Ça veut dire « Océan oublié ».
– Pourquoi m'a-t-elle abandonné ? j'ai dit.
– Elle ne t'a pas abandonné, a répondu maman. Elle t'a juste donné.
– Pourquoi ?
– Elle avait l'air très jeune, a répété papa. Un peu perdue. D'après ce que nous avons compris, elle n'avait pas de travail. Elle n'était plus avec ton père. Elle vivait encore chez ses parents. C'est tout ce qu'on peut dire.

– Ce qui est sûr, c'est qu'elle te voulait du bien, a ajouté maman. La dernière fois qu'on l'a vue, c'est quand on a repris le bateau pour Tahiti. Elle est venue nous dire au revoir, elle nous a mis des colliers de coquillages autour du cou, et elle t'a gardé dans ses bras, longtemps. Elle t'a chanté une chanson en tahitien. Je m'en souviens, j'ai eu vraiment très peur qu'elle ne veuille plus se séparer de toi. Je crois que je n'ai jamais eu aussi peur.

– Et puis elle a respiré un grand coup et elle t'a donné à maman, conclut papa. Maintenant qu'on sait le monstre que tu es devenu, on se dit qu'elle a eu bien raison.

Moana 'Aramoi'a. L'océan oublié.

Et moi, je suis le Fils de l'océan.

L'attente

– Tu dois te sentir mieux, non ?

Je viens de tout raconter à ma prof de SVT, elle m'a écouté très gentiment, et là, ses yeux noisette pétillent un peu. Je me dis que si elle avait dix ans de moins, je pourrais l'inviter à manger une glace un de ces jours.

– Mieux ? Oh, oui, beaucoup, je fais.

Je devrais, non ? Maintenant que le secret de ma naissance m'a été révélé, qu'on en a parlé ouvertement avec papa-maman, que j'ai pu exprimer ma colère, qu'ils ont pu s'excuser… je devrais aller beaucoup mieux. Ne plus avoir aucun problème. Balayés, les doutes sur mes origines. Envolés, mes problèmes d'identité.

Et pourtant, non.

Je ne me sens pas mieux du tout.

Parce que maintenant que c'est officiel, je n'arrête pas de me demander qui je suis. Qu'est-ce que je serais devenu, si je n'avais pas été adopté par papa-maman ?

Je serais peut-être resté, finalement, avec Moana 'Aramoi'a, sur ce motu en plein milieu du Pacifique. Je l'aimerais, elle m'aimerait, j'aurais des frères et sœurs, un père, un métier, une histoire…

Ou bien peut-être, j'aurais été donné à un autre couple de popa'a en mal d'enfant. Des Américains, pourquoi pas ? Des Norvégiens ? Des Italiens ? Ou, puisqu'il paraît que c'est courant, des Polynésiens ?

La tête me tourne, j'ai le vertige. Autant de vies possibles qui s'offrent à moi, sans qu'aucune me soit accessible… Où est ma place, dans tout ça ?

Déplacé. C'est ça, exactement. C'est comme ça que je me sens. Déplacé. Pas au bon endroit. Je regarde ma prof, et je me dis qu'on n'avait aucune chance de se rencontrer. Je n'ai rien à faire ici, dans ce café où deux yeux noisette me scrutent, un peu inquiets.

– Il y a encore quelque chose qui te tracasse, Gustave.

Ce n'est pas une question. Un constat.

– Je ne sais plus qui je suis, je fais, conscient que cela peut paraître un peu pompeux. D'où je viens, où je vais, je ne sais plus.

Elle ne sourit pas. Je sens qu'elle me prend au sérieux.

– Tu devrais te renseigner, lire tout ce que tu trouves sur la Polynésie. Il y a de très beaux romans, je crois. Et aussi des guides, des livres d'histoire… Lis tout.

Je la regarde, perplexe.

– C'est un chemin que tu es seul à pouvoir faire, elle me dit avant d'ajouter, cette fois avec un petit sourire malicieux : mais je sais que tu y arriveras, j'ai confiance en toi.

Il y a un silence, je me dis, tout ça, c'est du blabla. Ça doit se voir, parce qu'elle pousse un soupir, se lève et, avant de partir, elle attrape mon menton dans la paume de sa main – une paume de main que je trouve vraiment douce, au passage.

– Je crois en toi, Gustave.

Et elle s'en va, j'entends ses talons qui font tic tac tic tac sur le sol du café, j'espère qu'elle ne va pas me laisser l'addition, non, elle s'arrête près du garçon, sort son porte-monnaie, paye, et elle me jette un dernier regard avant de sortir.

J'ai rêvé ou elle m'a fait un clin d'œil ?

Quand c'est dit par une prof aux yeux noisette, ça paraît beaucoup plus intelligent que quand on le lit dans le mail d'une Valérie à lunettes. Aussitôt rentré chez moi, je me plonge dans les livres.

Je n'ai pas à chercher bien loin : ils m'attendent, bien disposés sur l'étagère de ma chambre. Ils ne sont pas nouveaux. Sous le prétexte que mon arrière-grand-mère etc., papa-maman m'ont depuis belle lurette fourni tous les livres, récits d'explorateurs, manuels de tourisme et autres guides concernant mon pays.

Seulement jusque-là, je les considérais avec un rien de condescendance, c'était la petite touche d'exotisme destinée à enjoliver ma vie, de quoi épater les copains, moi j'ai une ancêtre qui était tahitienne, ouais ouais, les tahitiennes avec des pagnes en paille comme dans la pub pour Oasis, quand je veux j'y vais, j'ai sûrement plein de cousins sur place.

Maintenant, je les regarde différemment.

Mon préféré, c'est *Les Immémoriaux*, de Victor Segalen. En fait, je l'ai lu parce que papa m'a dit que ce n'était pas de mon âge. Ça m'a donné envie de m'accrocher. Et je n'ai pas été déçu.

Ce Segalen, d'accord, c'était un popa'a, mais il aurait mérité de ne pas l'être. Ce qu'il raconte m'émeut, me révolte... Je me sens solidaire de ce peuple à qui on a volé sa mémoire. Je voudrais faire quelque chose pour réparer ça. Parce que malgré tout, je me sens plus proche des popa'a voleurs de mémoire que des ma'ohi. Pourtant, si on réfléchit bien... À moi aussi, on a volé un peu de mémoire, non?

Il y a aussi ce guide qui date de l'année de ma naissance. Ce guide que papa-maman ont emporté avec eux, certainement, quand ils sont partis me chercher.

Avec cette photo, page treize.

C'est une femme, très jeune, presque une enfant. Elle est assise au bord du lagon, un filet de pêche à la main, qu'elle reprise. Ses yeux sont levés, deux puits très noirs, et chaque fois que mes yeux se posent sur eux, je me sens comme aspiré.

C'est idiot, mais j'ai l'impression qu'elle m'appelle. Qu'elle crie, en silence, qu'elle me crie de revenir.

Je me rends bien compte que c'est ridicule. N'empêche. Si c'était elle ? Si c'était Moana 'Aramoi'a ?

Ce que j'aime, avec Julien, c'est qu'il est là, et puis voilà. Je peux lui dire absolument tout ce qui me passe par la tête, ça ne change rien : c'est toujours mon copain.

– Tu te rends compte que mes ancêtres étaient cannibales ?

J'ai lu ça dans un guide, ça devrait épater Julien.

– Ça ne m'impressionne pas, il rigole. Si tu me disais qu'ils étaient extraterrestres, encore, je ne dis pas. Mais cannibales… C'est à la portée de n'importe qui. Je me ronge les ongles, je découpe un petit morceau de peau, je l'avale, et hop, cannibale ! Alors, tes ancêtres…

Il faut que je trouve autre chose.

– Et est-ce que tu réalises que j'ai peut-être des frères et des sœurs ?

– Mon pauvre, je te plains ! Moi qui t'ai toujours envié d'être fils unique…

Tu te rends compte ? Des petits frères qui ne trouvent rien de mieux que de te piquer ta console de jeux, des grands frères plus forts que toi, et qui te traitent de mauviette, des petites sœurs qui font des chichis et te forcent à jouer le prince charmant pour la quarante-troisième fois, et des grandes sœurs… oh, remarque, ça c'est pas forcément mal. Tu as peut-être des grandes sœurs qui vont tomber folles amoureuses de moi… C'est vrai, il paraît qu'à Tahiti, les blonds sont super bien vus. Je suis sûr qu'elles ne remarqueront même pas mes boutons…

– Si on y allait voir ?

– Qu'est-ce que tu racontes ?

– Mais oui, si on allait là-bas ? Hein ? Sur les traces de ma famille ? À la recherche de mes frères et sœurs… de mes sœurs, surtout, si je comprends bien !

Je ne parle pas de la jeune femme au regard profond. Pourtant, c'est à elle que je pense. À elle, ou plutôt à Moana 'Aramoi'a.

– Bonne idée, mais on n'a pas tout à fait l'âge de voyager seuls.

Il a raison, et c'est bien dommage. Mais, c'est sûr, j'ai envie d'y aller. C'est ce que je ferai en premier quand j'aurai dix-huit ans.

Voilà.

Je vais commencer à économiser tout de suite.

Il y a une brocante, dimanche, sur la place du marché. D'habitude je m'y précipite, pour essayer de dégotter des jeux pour ma console, sur les brocantes, on fait parfois de super affaires. Mais cette fois, j'ai décliné l'invitation de Julien. Ça ne m'intéresse pas.

– Tu préfères rester lire ? fait papa.

Je n'ai pas très envie d'engager la conversation, mais je fais tout de même un effort.

– C'est ça. Et puis je préfère garder mon argent.

Je l'entends chuchoter avec maman, un truc du genre que je dois me sentir peu sécurisé ou je ne sais quoi, en tout cas ça ne loupe pas, quelques minutes plus tard c'est elle qui rapplique.

– Gustave chéri, je peux te parler deux minutes ?

C'est fou cette frénésie de dialogue qu'elle a maintenant.

– Tu sais, tu ne manqueras jamais de rien... Nous avons fait le nécessaire, papa et moi, nous avons pris une assurance vie, si nous disparaissions... Tu serais à l'abri du besoin.

– Je sais, je fais, le plus gentiment que je peux (mais j'avoue que ça ne fait pas très lourd, en gentillesse : elle m'agace sérieusement).

– Qu'est-ce qui te ferait plaisir, Gustave, pour Noël ?

Je la regarde avec mon regard qui se contient, je voudrais bien qu'elle comprenne d'elle-même qu'il faut arrêter de me gonfler comme ça, de faire la maman-poule en permanence, ça allait bien quand j'étais bébé, mais là, vraiment, de quoi ça a l'air ?

Et puis tout à coup j'ai une illumination.

– La seule chose qui me ferait plaisir, ce serait de vivre en Polynésie, je dis.

– Vivre en Polynésie ?

Je vois ses lèvres trembler. Elle ne s'y attendait pas, à ce coup-là. Avec ça, sûr qu'elle va me laisser tranquille pour un bon bout de temps.

– Ce serait important pour moi de retourner d'où je viens, j'explique, histoire d'enfoncer le clou. Pour mon identité, tu comprends ?

Mouchée. Elle me regarde longuement, puis sort de ma chambre et je peux enfin lire tranquillement.

Ce soir, c'est le réveillon de Noël. J'ai longtemps cru que j'allais réussir à me faire inviter chez Julien, j'y étais il y a deux ans et c'était vraiment trop cool, dans ces cas-là, avoir plein de frères et sœurs, franchement ça fait la différence, mais manque de pot, on a une invitée de marque, le genre que ça serait vraiment mal perçu que je ne sois pas là : tata Béa.

Ils se sont réconciliés je ne sais pas trop comment, à mon avis jusqu'à la prochaine fois, mais d'après papa il y a peu de chances pour que la situation dégénère à nouveau, il est persuadé que le principal problème avec tata Béa c'était qu'ils ne m'avaient rien dit, et que maintenant que la chose est faite, il ne devrait plus y avoir trop de lézard.

Pour ne pas penser à la soirée que je vais passer, coincé entre papa-maman et tata Béa, je me demande comment ça se fête, Noël, en Polynésie : il ne doit pas y avoir de père Noël ou alors il est en paréo…

J'essaie de rester le plus longtemps possible dans ma chambre, mais pour le réveillon, malheureusement, c'est difficile de ne pas venir dans le salon dès l'apéritif, et de partir avant la bûche et l'ouverture des cadeaux.

C'est la première fois que je revois tata Béa depuis que j'ai reçu sa lettre et elle me paraît plus petite que dans mon souvenir. Plus vieille aussi. Peut-être que sa dernière fâcherie avec maman lui a donné un coup de vieux ?

En tous cas, je lui trouve un petit air triste, et son côté raide de vieille bique maigre me semble presque touchant. Je me dis que ça ne doit pas être très drôle de vivre sa vie, toute seule, dans son petit appartement, avec juste son chien comme compagnie…

Son chien… C'est un de ces sales petits roquets courts sur pattes qui n'ont pas compris qu'ils feraient mieux de se faire oublier et qui aboient pour prouver qu'ils existent.

Il paraît qu'en Polynésie, on mange du chien.

Je pense à ça quand tata Béa me regarde avec son air compatissant, son air que je déteste, du genre ce pauvre Gustave, voyons un peu s'il n'est pas trop traumatisé. Je me dis : je suis polynésien, et les Polynésiens, ça mange du chien, hé hé, tu imagines ton cabot mijotant dans une marmite et moi, des os dans le nez, en train de tourner la cuillère…

– Gustave, tu ne veux pas aller chercher la bûche au frigo ? demande maman.

Il y a une chose qui sauve les réveillons de Noël à la maison, c'est la bûche de maman.

Personnellement, je déteste ces machins au beurre roulés comme des gâteaux pour gamins, mais la bûche de maman, elle est réellement délicieuse. C'est un mélange de purée de marrons et de chocolat, purée, attention, pas crème, la crème, c'est beaucoup trop sucré, donc de la purée de marrons, du chocolat, du beurre et du sucre glace… un vrai délice.

Il n'y a que maman qui sache faire ça. Ça a une jolie couleur ambrée, plus foncée que ma peau, mais à peu près dans ces tons-là.

Il y a quand même des compensations à s'être fait adopter…

Quand je reviens avec la bûche, je vois qu'ils ont commencé à déballer les cadeaux. Papa-maman ouvrent les leurs, il n'y en a pas beaucoup, bien sûr, papa a encore reçu une cravate et maman un collier, rien de bien nouveau sous le soleil de minuit, tata Béa ouvre un sachet et s'extasie devant un foulard de soie, je me demande combien elle en a, vu qu'elle, on lui offre ça systématiquement, pour Noël, son anniversaire et sa fête depuis je ne sais pas combien d'années.

Je ne sais pas ce qu'ils ont décidé de m'offrir, à moi, mais j'ai peur que ça ne me convienne pas vraiment. Des jeux pour ma console, ça ne m'intéresse plus trop, ça me paraît faux et je me demande comment j'ai pu m'y intéresser autant. Des livres sur la Polynésie, je crois que j'ai à peu près tout.

Papa me tend une enveloppe.

– C'est de la part de nous trois, dit-il.

De nous trois ? Depuis quand papa-maman s'associent-ils avec l'horrible tata Béa pour me faire des cadeaux ?

Ça, c'est un peu fort ; déjà, la supporter pour le réveillon, ce n'est pas trop marrant. Mais enfin, on peut se dire qu'elle est seule, qu'il faut être charitable. Mais mélanger son cadeau avec le leur ! Ça ne me plaît vraiment pas.

Je dois tirer une drôle de tête parce que maman me presse :

– Vas-y, Gustave, ouvre l'enveloppe, ne reste pas comme ça.

Je l'ouvre si je veux, d'abord. Personne ne me force à accepter des cadeaux, quand même. D'ailleurs ils me l'ont assez dit, quand j'étais petit : « N'accepte jamais aucun cadeau d'un étranger. »

Et qu'est-ce qu'ils sont pour moi, sinon des étrangers ?

J'hésite, je pourrais me lancer dans une bonne scène bien dramatique, me lever de table en disant que je n'ai rien à faire là, au milieu d'étrangers, mais aussitôt après avoir imaginé ça, je me dis que tata Béa ne pourrait pas s'empêcher de jubiler. Elle ne se rendrait pas compte que ma scène est dirigée contre elle. Elle se contenterait de la prendre comme une preuve manifeste que le lien entre papa-maman et moi est, sinon coupé, du moins bien amoché.

Je pousse un soupir et j'ouvre l'enveloppe.

Et là, je reste complètement ahuri.

Dans l'enveloppe, il y a un billet d'avion pour Papeete. Départ le premier jour des vacances de février, retour le dernier jour.

La somme inscrite en bas du billet me fait un drôle d'effet. C'est encore plus cher que ce que je pensais.

Je lève la tête, et je les vois là, tous les trois, qui me regardent en souriant, maman avec la bouche qui tremble un peu comme quand elle se retient de ne pas pleurer, papa avec son air de dur qui en a vu d'autres...

Mais le plus frappant, c'est la tête de tata Béa. Elle sourit, chose rarissime, et ça lui donne une tête de petite fille. De petite fille qui vient de faire une très bonne surprise à sa maman.

C'est dur à croire, mais il y a de la gentillesse dans ce sourire-là.

C'est un peu trop pour moi. Je sens mes yeux qui me picotent. Papa pose sa patte sur mon épaule, et il me dit en souriant :

– Si tu veux bien, je viendrai avec toi.

Je fais oui de la tête. Je ne pourrais vraiment pas articuler la moindre parole.

Il ajoute :

– Pour cette fois, on a pris un aller-retour, mais bien sûr, un jour, tu pourras t'y installer.

La goélette

La première chose que je réalise, en sortant de l'avion, c'est qu'il fait très chaud.

Il est six heures du matin heure locale, et il fait déjà bien trop chaud.

Ce n'est pas cette chaleur sèche, comme il peut y en avoir dans le Midi de la France, cette chaleur qui sent les cigales et le basilic.

Non, c'est une chaleur humide, liquide, gluante, une chaleur qui rend l'air presque collant.

La sueur, la chaleur, le manque de sommeil, les courbatures… ça commence plutôt mal. D'autant qu'une sorte d'orchestre local tape à tour de bras sur des tam-tam en faisant un vacarme effroyable, de quoi faire décamper une horde de vampires qui aurait repéré une banque du sang.

Autour de moi, les touristes s'extasient. Il y a là plusieurs couples en voyage de noces, ils sont venus visiter le paradis et ils veulent en avoir pour leur argent.

Moi, ce n'est pas le paradis que je suis venu visiter. Plutôt une plongée, en profondeur sous terre, du côté de mes racines. Normal que j'aie un peu de mal à respirer.

Le voyage a duré vingt heures. Je pensais que c'était horriblement long, mais en fait c'est passé très vite, entre les films, les plateaux repas et les discussions avec papa…

On a surtout parlé de tata Béa. Son air presque gentil de petite fille ravie quand on m'a donné le billet d'avion m'avait mis la puce à l'oreille. Papa a confirmé : c'est elle qui a payé les deux tiers du prix de nos billets. Quand on sait qu'elle est loin d'être richissime, ça fait un drôle d'effet.

– Béatrice a toujours été très généreuse, sous un air un peu revêche, m'a dit papa. Elle a soutenu maman pendant toute sa jeunesse, elle l'a vraiment protégée de son mieux.

Il n'y a pas à dire, je trouve ça difficile à avaler. Pourtant, papa a l'air d'y croire. D'après lui, tata Béa s'est aigrie, au fil du temps, à force d'être seule, mais elle n'est pas méchante, au fond. Vu que c'est grâce à elle qu'on est ici, je finis par lui accorder le bénéfice du doute.

Bêtement, j'avais pensé que le climat ne me poserait aucun problème : au fond, je suis un enfant d'ici, il n'y a pas de raison pour qu'il ne me convienne pas.

Un enfant d'ici, peut-être, mais pas habitué à cette dose d'humidité dans l'air. Quelques heures après être descendu de l'avion, je sens des picotements au fond de ma gorge : je suis en train de m'enrhumer.

Je réalise le ridicule de la situation : partir retrouver ses racines et attraper un rhume, sous les tropiques! Pourtant, c'est bien ce qui m'arrive.

Je regarde papa, pour voir s'il partage mon malaise. Mais lui, les gènes de sa grand-mère polynésienne doivent être plus actifs que ceux de tous mes aïeux réunis, il a l'air comme un poisson dans l'eau. Je lui prends la main, histoire de lui rappeler que j'existe.

Il me décoche un grand sourire, et il m'explique :

– C'est formidable, j'ai l'impression que c'était hier… Tous mes souvenirs remontent… Rien n'a changé, vraiment. Tu sens comme ça sent bon?

Je ne peux pas dire que ça sent mauvais, c'est sûr. Mais les parfums des fleurs me semblent un peu trop lourds, surtout mélangés avec la fatigue et le décalage horaire. Je n'ai envie que d'une chose : un bon lit. Mais il faut tenir encore toute une journée, avant de pouvoir se coucher.

Je lutte comme je peux contre le sommeil, me force à ne pas me sentir jaloux de papa, qui arbore toujours un sourire ravi, et j'ouvre grands les yeux.

Nous nous installons à Papeete, dans un hôtel un peu lugubre donnant sur un carrefour ; ce n'est pas du tout ce que j'imaginais, mais papa a voulu y aller parce que c'est là qu'il était descendu, il y a treize ans, avec maman. Après avoir fait un brin de toilette, nous nous attablons, au marché, devant un plat de poisson cru qui a plutôt une bonne tête.

– Quand est-ce qu'on y va ?

Papa n'a pas besoin de me demander de quoi je parle.

– Le plus tôt possible, dit-il. Il faut d'abord qu'on se renseigne. Au service des affaires sociales, ils auront peut-être des informations sur l'endroit où elle s'est rendue... Ce serait dommage de faire des centaines de kilomètres dans la mauvaise direction, tu ne crois pas ?

Je ne peux qu'approuver.

Tout au fond de moi, je me sens curieusement partagé. D'un côté, j'ai hâte de retrouver ma mère, de parler avec elle, de lui demander enfin pourquoi elle m'a donné, de savoir qui est mon père, s'il sait que j'existe, de voir si j'ai des frères et des sœurs, de parler avec eux, de les prendre en photo, le cas échéant, pour faire baver Julien... Mais d'un autre côté, je n'ai presque pas envie de voir ça.

J'ai peur d'être terriblement déçu, peur d'être dégoûté par ce que je vais trouver, de ne plus pouvoir me regarder dans une glace quand je saurai que je viens de là. Je repense à ces femmes que j'ai aperçues, près du marché...

– Tu crois que c'est une prostituée ? je demande.

Papa sourit. Un sourire gentil, mais dont je me passerais. J'ai eu assez de mal comme ça à poser ma question.

– Tout ce que je peux dire, c'est qu'elle n'en avait pas du tout l'air, quand nous l'avons rencontrée, sur son atoll...

– C'est quoi, exactement, un atoll ?

Je le sais parfaitement, vu tous les livres que j'ai avalés, mais papa adore expliquer, et j'ai envie qu'on parle d'autre chose que du métier de ma mère.

– Eh bien, dit papa en interrompant son repas, un atoll... Au départ, il y avait un volcan, tu vois. Seulement il s'est complètement enfoncé dans la mer. Il ne reste plus que la barrière de corail, qui s'est formée grâce à la chaleur du volcan... la barrière de corail, avec le lagon au milieu. Et quelques bancs de sable, qu'on appelle des motus. Ça s'écrit m-o-t-u mais ça se prononce motou. Tikehau est un atoll. C'est sur un motu que nous t'avons vu pour la première fois.

– Ça doit être beau à voir.

Papa acquiesce.

Tout en mangeant ma salade de poisson cru et en dégustant du pain à l'eau de coco, j'observe autour de moi. Ça fait bizarre de constater que les passants me ressemblent beaucoup plus que je ne ressemble à papa-maman. Ils ont tous le même genre de cheveux, le même regard, la même couleur de peau… Je me sens comme la rose du Petit Prince quand elle découvre une roseraie : je me croyais unique, et je réalise d'un coup que je suis un produit de série.

– Tu pourrais me confondre ?

– Te confondre avec qui ? s'étonne papa, les yeux écarquillés.

– Eh bien, je ne sais pas, moi… Mettons, avec ce garçon, là-bas.

Un jeune homme de ma taille est en train de charrier des régimes de petites bananes. De loin, il a tout à fait mon allure.

– Dans le noir, peut-être, sourit papa.

Mais moi, je crois bien qu'il pourrait me confondre aussi à la lumière du jour. C'est simple : moi-même je ne suis pas sûr de savoir lequel de ces adolescents je suis !

J'en suis là de mes réflexions quand papa me propose d'aller nager et de découvrir les poissons.

– Il faut absolument que tu voies ça, Gustave, insiste-t-il. C'est une des choses les plus merveilleuses au monde.

Je n'ai pas trop envie de faire le zouave avec un masque et un tuba. Je trouve ça assez ridicule, de voir tous ces touristes, le dos rougi par le soleil, se précipiter dans l'eau pour ne pas rater ça. Et puis il me semble que ce serait plus urgent d'aller se renseigner auprès des services sociaux.

– On est dimanche, Gustave ! Tout est fermé, tu penses bien... Je t'assure, nous n'avons rien de mieux à faire que de découvrir les poissons.

Va pour les poissons.

Au début, je trouve ça franchement exagéré. Il y a deux ou trois petits poissons jaunes qui nageotent, le récif de corail n'est pas du tout comme je l'imaginais, d'un beau rouge vermillon, mais grisâtre, et je me dis qu'il y a loin entre les illustrations des guides touristiques et ce que je vois.

Mais soudain, au détour d'un massif de corail, je le vois. Un poisson empereur, le plus beau, je crois, des poissons exotiques. Chatoyant, scintillant, j'en ai le souffle coupé.

Comme si ça ne suffisait pas, un banc de poissons-clowns apparaît, suivi par quelques poissons-papillons.

Papa me fait signe, sous l'eau. Il m'indique une faille rocheuse. Je n'y vois rien, et m'apprête à hausser les épaules quand soudain…

Une murène, c'est une murène ! Un frisson me parcourt le bas du dos. Je crois bien que des murènes ont déjà arraché des doigts ou des orteils qui avaient le tort de passer trop près de leur repaire.

Courageux, mais pas téméraire, je suis papa qui m'emmène de l'autre côté de l'anfractuosité rocheuse. Là, des milliers de petits poissons bleu électrique nagent de conserve.

Quand je sors de l'eau, mon dos est rougi par le soleil, comme celui de n'importe quel touriste. Il paraît que popa'a veut dire, littéralement, « grillé ». Je suis un popa'a, malgré ma peau mate.

Je ne sais pas si c'est la fatigue liée au décalage horaire, les coups de soleil ou autre chose, mais je me sens vraiment bizarre. Très fatigué, incroyablement mou, et aussi triste, très triste tout au fond de moi.

J'ai beau leur ressembler comme deux gouttes d'eau, je ne me reconnais pas dans les gens d'ici. Leur manière de marcher, de parler, de rire, les chansons qu'ils chantent, tout cela m'est étranger. Je les regarde, depuis la fenêtre de mon hôtel, et j'en vois un petit groupe assis par terre, à même le macadam, occupé simplement à boire. Ils ont une caisse de bière en plastique, un appareil de radio qui chante très fort des vieilles chansons un peu ringardes, et ils boivent.

Je ne me sens vraiment pas chez moi.

Je me dis que ça doit être comme ça, à la ville, les gens ont été pervertis, un peu comme les Indiens dans les westerns, on leur a apporté de l'alcool et ils ont perdu leur culture. À Paris aussi, il y a des poivrots qui picolent toute la journée. Simplement, en hiver, il arrive qu'ils meurent de froid, ce qui ne peut pas arriver ici.

Je m'allonge. Je frissonne. Je me demande si je ne suis pas tombé malade.

Quand je me réveille, papa est assis à mon chevet.

– Tu as dormi longtemps, Gustave ! me dit-il. J'ai eu le temps d'aller aux services sociaux et de revenir.

Je me dresse sur mon séant, soudain parfaitement réveillé.

– Alors ?

– Ils ne savent pas grand-chose, soupire papa. Cela fait longtemps qu'ils ne sont plus en contact avec Hemia Amui. Mais ça ne veut rien dire, c'était déjà une assez vieille femme quand nous l'avons rencontrée, elle a bien le droit de se reposer un peu.

– Et ma mère ? Ils n'ont aucune nouvelle ?

– Aucune. Tout ce qu'ils ont pu me dire, après vérification, c'est qu'elle n'était ni morte ni emprisonnée.

C'est déjà beaucoup. J'avais peur, sans vouloir me l'avouer, que les dernières lettres envoyées par papa-maman, il y a dix ans, aient été retournées à l'envoyeur parce que Moana 'Aramoi'a était morte.

– Qu'est-ce que tu veux qu'on fasse, Gustave ?

La voix de papa tremble un peu, je sens qu'il est fatigué, qu'il prend sur lui.

– Il faut y aller.

– À Tikehau ?

– À Tikehau.

Une fois mon petit déjeuner pris, on se met en quête d'un billet d'avion pour Tikehau. Et là, patatras, on apprend qu'il n'y a qu'un vol par semaine, et que le dernier est parti hier.

Rester coincé à Tahiti pendant toute une semaine avant de pouvoir simplement mettre le pied sur un motu de Tikehau et chercher des personnes ayant connu

Moana 'Aramoi'a, c'est franchement l'horreur.

Ma mine doit être terriblement dépitée, parce que l'hôtesse d'Air Tahiti qui nous a renseignés me fait un gentil sourire.

– Il y a un problème ?

Je ne sais pas pourquoi, alors que ce n'est pas trop mon genre de raconter ma vie, je lui explique mon histoire. J'ai été adopté, je voudrais retrouver ma mère, je n'ai que peu de temps, à cause des vacances scolaires…

– Tu es un enfant fa'a'amu ? elle me demande, soudain intéressée.

J'acquiesce.

Elle nous dit d'attendre un instant, va passer deux ou trois coups de téléphone, puis elle revient, triomphante.

– Il y a une goélette qui part demain pour Tikehau, nous dit-elle. Vous pouvez aller acheter des billets tout de suite, c'est à deux pas, sur le port.

Elle nous tend un petit papier sur lequel elle a noté une adresse.

– Dis que tu es un enfant fa'a'amu et que tu reviens voir ta mère. Même s'il n'y avait plus de place, on t'en trouverait une.

Le lendemain matin, quand papa me réveille alors que le jour n'est pas encore levé, je ne me sens toujours pas dans mon assiette. Pourtant, la fatigue est un peu passée, la chaleur me semble plus facile à supporter.

Mais je ne me sens pas bien du tout à l'intérieur.

Les gens d'ici ont l'air gentils. D'autant plus gentils qu'ils savent que je suis un enfant fa'a'amu.

Au lieu de me faire plaisir, ça me rendrait plutôt furieux.

Parce que ce que j'ai compris, depuis que je suis arrivé, c'est que j'aurais dû rester en contact avec ma mère depuis le début. C'est comme ça qu'on fait, avec les enfants fa'a'amu. C'est grave de cacher à un enfant qu'il a été adopté. C'est pire quand cet enfant est polynésien. Parce qu'on le coupe de ses parents qui attendent de ses nouvelles. Parce qu'on l'empêche de comprendre l'esprit du fa'a'amu.

Maintenant, à cause de mes parents, le contact avec ma mère polynésienne a été perdu. À cause d'eux, je risque de ne jamais la retrouver.

C'est en ruminant ce genre de pensées que j'arrive sur le quai avec papa. Et là, j'ai une drôle de surprise.

Pour moi, une goélette, c'est un bateau à voiles, comme dans les illustrations de mes livres sur les pirates. Naviguer sur une goélette pour rejoindre le lieu de ma naissance, je trouvais ça trop cool.

En fait, ce qui m'attend, c'est un petit rafiot à moitié déglingué, avec des ballots miteux entassés dans la cale. Le capitaine a l'air à moitié saoul.

Papa hésite : il n'a pas confiance.

Si j'ai une chance de retrouver ma mère, c'est en allant à Tikehau. Papa ne va certainement pas m'en empêcher.

Je monte d'un pas décidé, comme si la perspective de passer vingt-quatre heures coincé sur ce bateau pourri me remplissait de joie.

Il ne veut pas me lâcher, il franchit la passerelle.

Il y a quelques Polynésiens qui voyagent avec nous.

Aussitôt embarqués, ils déplient leurs nattes, s'allongent dessus pour s'endormir immédiatement, si bien qu'en un quart d'heure, le pont de la goélette, qui semblait relativement agréable quand nous étions montés à bord, est devenu tout à fait impraticable, et qu'il n'y a plus personne à qui je pourrais expliquer que je suis un enfant fa'a'amu.

Il ne reste qu'une petite place, juste à côté des toilettes qui dégagent une odeur plutôt limite, et à notre tour nous essayons de dormir.

Vingt-quatre heures, c'est à peu près le temps qu'il nous a fallu pour aller de France en Polynésie. Mais sur la goélette, pas d'hôtesse de l'air souriante, de plateau repas ni de film pour tuer le temps. Le voyage me semble interminable, surtout quand l'océan devient gros et que la goélette se met à tanguer.

Pendant les rares moments où ils sont réveillés, j'essaie de nouer des contacts avec un ou deux voyageurs, mais sans grand résultat. J'ai l'impression qu'ils me regardent bizarrement. Je ne suis pas des leurs, et ils le savent.

Et si je retrouvais ma mère, et qu'elle me regardait comme ça ?

Je n'ose pas y penser. Pourtant, j'y pense sans arrêt.

La vérité

Tikehau, ce n'est qu'un banc de sable qui tourne en rond, avec quelques cocotiers dessus et un lagon au milieu. J'aurais rêvé plus grandiose, comme lieu de ma naissance.

En débarquant, papa est tout ému :

– Je pensais ne jamais revenir ici, dit-il d'une voix vibrante. C'est incroyable, rien n'a changé… Ce sont les mêmes odeurs ! Ça sent très fort la fleur de tiaré. Cette fleur-là, tu sens ? On t'avait frotté avec cette fleur, quand on t'a mis dans mes bras… Cette odeur… Ça te rappelle quelque chose ?

– Rien du tout, je dis.

– Ta mère t'a pris dans ses bras, elle a dit quelques mots en tahitien, puis elle s'est tournée vers nous et elle t'a posé dans les bras de maman. Tu venais à peine de naître, tu étais à la fois si fragile et si serein que je me suis mis à trembler. Maman t'a serré fort contre elle puis elle t'a donné à moi. J'avais peur de t'abîmer, tu étais si petit… Et tout à coup nous nous sommes aperçus que nous pleurions tous les deux.

Il me l'a déjà raconté au moins trois fois depuis que nous sommes arrivés en Polynésie. Ça commence à me gaver.

– Écoute, papa, je n'ai pas besoin qu'on me raconte ça cinquante fois. C'est quand j'étais petit que tu aurais pu m'en parler. Je t'aurais sûrement demandé de me le répéter. Mais maintenant c'est un peu tard.

Il pousse un soupir, il prend sur lui. Je sens qu'il est blessé, vexé, mais il m'agace. Surtout, j'ai peur.

Nous nous installons dans un faré en ciment où il fait une chaleur étouffante.

La propriétaire de notre pension, une très grosse femme à qui il manque deux dents, semble tout à fait disposée à aider l'enfant fa'a'amu que je suis à retrouver sa mère. Mais elle ne connaît ni Hemia Amui ni Moana 'Aramoi'a. Elle nous confirme qu'un cyclone a dévasté une partie de l'atoll, il y a dix ans.

Nous nous mettons en quête d'un bateau pour aller jusqu'au motu où je suis né. Malgré ce qu'a dit la propriétaire de la pension, mon cœur bat à tout rompre, je suis effroyablement ému et pas à prendre avec des pincettes.

Sur place, force est de constater qu'il n'y a plus rien. Du sable, quelques cocotiers, et c'est tout. Pas la moindre trace d'habitation. À tel point que je me demande si papa ne s'est pas trompé de motu. Je le force à explorer les motus voisins, en vain.

Sur un minuscule banc de sable, il y a une maison, et, un peu plus loin, un vieux Polynésien en train de pêcher. Nous le questionnons, mais il ne réagit ni au nom d'Hemia Amui, ni à celui de Moana 'Aramoi'a ; il faut dire que nous ne les prononçons peut-être pas comme il faudrait. La seule chose qu'il comprenne, c'est que je suis un enfant fa'a'amu. Il me serre la main. Mais cela ne nous avance pas à grand-chose.

La tension monte entre papa et moi. Même si je sais que c'est faux, j'ai la sensation que c'est à cause de lui que nous ne trouvons rien. Je lui en veux de ne m'avoir rien dit pendant si longtemps, je lui en veux de ne pas avoir cherché des traces de ma mère avec plus d'énergie il y a dix ans, je lui en veux de cette déception qui m'envahit, de cette peur que je ressens.

Je n'ai qu'une envie : le voir disparaître, qu'il ne soit plus là, avec moi, à porter sur les choses ce regard bleu un peu idiot en radotant des histoires d'odeur de tiaré et de bébé serein dans des bras qui tremblent.

– J'ai envie de me débrouiller tout seul, je lui dis, une fois que nous sommes rentrés à la pension.

Papa me regarde sans comprendre.

– Je veux essayer de la retrouver moi-même. Sans toi. C'est mieux.

Je me rends compte que je suis en train de lui faire du mal, mais je ne peux pas m'empêcher de continuer.

– Maman et toi n'avez rien fait pour que je puisse garder le contact avec ma mère. Pourtant, c'est dans la tradition polynésienne, et vous le savez bien. Alors maintenant, laisse-moi me débrouiller. Si tu voulais m'aider, il fallait t'y prendre autrement.

Il a un air de chien battu. Ça me donne envie d'en rajouter.

– Si ça se trouve, elle ne voulait pas vraiment me donner. Si ça se trouve, vous avez fait des pressions... On peut tout imaginer. Laisse-moi la chercher tout seul.

Papa se redresse.

– Tu crois qu'on est plus fort tout seul qu'à deux, c'est ça ?

– Pas du tout. Mais je préfère être seul que mal accompagné.

Ses yeux bleus brillent un peu trop. Il m'énerve. Tant pis pour lui.

– Si c'est ce que tu veux, dit-il enfin avec la voix qui tremble. Débrouille-toi. Je chercherai de mon côté.

– Ce n'est pas à toi de chercher ! Je veux me débrouiller tout seul. Tout seul, tu comprends ?

Il est temps qu'ils comprennent, lui et maman, que je suis un être autonome. Que je ne suis plus le bébé à l'odeur de tiaré qui a illuminé leur vie.

– Tu n'as qu'à en profiter pour regarder les poissons, puisqu'ils te plaisent tant, j'ajoute avec un peu de méchanceté.

Papa me fait le coup de l'air profond. Mais il ne m'aura pas.

– Tu sais où me trouver si tu as besoin de moi. Tiens, prends un peu d'argent.

J'empoche ses billets et je m'éloigne sans me retourner.

– Nous devons repartir dans six jours ! me crie papa. Six jours, tu te souviendras ?

Je repartirai si je veux. Non mais.

Je commence par faire le tour du motu principal, celui sur lequel il y a notre pension. Je vais de-ci de-là, abordant les personnes que je croise. Je dis bonjour, j'explique que je suis un enfant fa'a'amu. Après, je parle d'Hemia Amui, de Moana 'Aramoi'a. On me regarde comme si j'avais invoqué des noms d'esprits.

Je me sens de moins en moins bien.

Au bout de deux heures, j'ai fait le tour du motu principal. Je ne sais pas quoi faire. Je repère un marchand de Hinano, la bière locale, et je me dis que je vais faire comme les jeunes Polynésiens que j'ai vus, de ma chambre d'hôtel, sur l'île de Tahiti. J'achète carrément une caisse, et je la traîne tant bien que mal un peu plus loin, à l'ombre d'un cocotier.

Là, j'essaie en vain d'ouvrir une bouteille avec mes dents. Pourtant, à Papeete, j'ai vu plusieurs jeunes gens y arriver très bien.

Je me sens de plus en plus mal.

Ce n'était peut-être pas une si bonne idée que ça de me fâcher avec papa. Mais il est hors de question que je revienne en arrière.

Je reste donc assis, à l'ombre de mon cocotier, et j'attends.

Je ne sais pas combien de temps passe, mais sûrement quelques heures, parce que le soleil a vraiment bougé dans le ciel. J'ai passé ces heures à ruminer mon histoire, et, surtout, à me trouver assez minable.

J'ai pris mes grands airs pour dire à papa que je voulais me débrouiller seul, je me suis raconté un roman, et me voilà, affalé sous un cocotier, incapable d'ouvrir une bouteille de bière, complètement ridicule… Si Julien me voyait… Et encore, Julien, il trouverait le moyen de me faire rire… Non, si ma prof de SVT me voyait là…

La honte envahit mon front.

En même temps, je vois une main hâlée se tendre vers ma caisse de bière.

Je lève les yeux.

C'est un garçon qui doit avoir environ quinze ans. Il me ressemble beaucoup. Mon frère, qui sait ?

Pour l'instant, mon frère voudrait bien une Hinano.

Je lui fais signe de se servir. D'un geste expert, il décapsule la bouteille, puis me la tend.

Je la prends, remercie, et lui fais signe d'en reprendre une. Ce qu'il fait, avant de s'asseoir à côté de moi à l'ombre du cocotier.

– Toi, tu es fiu, me dit-il.

Je souris.

J'ai lu dans les livres la signification de ce mot intraduisible : un mélange de paresse, de déprime et de dégoût de tout, qui fait qu'on peut rester des heures, voire des jours, sans rien faire de constructif.

– Très fiu, je réponds.

Le silence s'installe entre nous, mais curieusement je me sens un peu moins mal. C'est peut-être la bière, que j'ai bue très vite, moi qui ne suis pas habitué à l'alcool, ou le petit vent frais qui s'est levé, je n'ai pas envie de bouger, pas envie de parler, juste envie de rester là et d'écouter ma respiration se mêler à celle de mon frère.

– Je m'appelle Hoanui, dit-il.

– Moi Gustave. Tu es peut-être mon frère, je dis.

Il ne répond pas. Il doit penser qu'en plus d'être fiu je suis fou.

Le temps passe encore. Je bois une deuxième bière, Hoanui aussi. Je me dis que papa serait drôlement surpris s'il me voyait. Mais cela m'est égal, comme m'est égal un peu tout ce qui me concerne.

– Tu cherches Moana 'Aramoi'a et Hemia Amui, dit Hoanui.

J'avale une nouvelle gorgée de Hinano. Puis je demande, l'air dégagé :

– Tu les connais ?

– Je peux te conduire au faré d'Hemia. Mais plus tard, quand il fera moins chaud.

Mon esprit s'est réveillé d'un coup. J'ai toutes les peines du monde à conserver mon allure désinvolte, ma posture fiu.

Hoanui finit par se lever, et s'étirer très lentement.

– Je t'emmène voir Hemia, dit-il.

Mon cœur bat plus vite. Je ne suis pas si minable que ça. J'ai réussi... réussi à retrouver une trace.

J'ai du mal à tenir debout, avec ces deux bières que j'ai bues, et ma démarche titubante fait rire Hoanui. Il me prend par l'épaule et m'emmène à son bateau.

C'est un petit bateau à moteur qu'il conduit à toute vitesse ; je suis horriblement secoué, je m'accroche de toutes mes forces au plat-bord. Je ne sais pas si je vais basculer par-dessus bord ou me mettre à vomir, mais je serais très surpris d'arriver à destination sans incident.

Nous y voilà, pourtant.

– Hemia Amui, répète Hoanui avec un large sourire.

Je le suis et nous parvenons devant un faré séparé du chemin par une barrière. Il la pousse, j'ai l'impression que ma poitrine va exploser, il se retourne, m'invite à le suivre, puis fait ostensiblement un grand signe de croix.

C'est à une tombe qu'il m'a conduit.

Hemia Amui est morte lors du passage du cyclone Armand ; personne n'a retrouvé son corps, mais on lui a fait une tombe là, pour que son esprit trouve une demeure.

– Et Moana 'Aramoi'a, je dis. Tu ne la connais pas ?

– Je ne crois pas, dit Hoanui. Mais je ne connais pas tout le monde, à Tikehau.

Nous reprenons son petit bateau. Je me sens horriblement fiu. Hoanui me dépose sous mon cocotier et s'en va, sans rien me dire. Je reste là, seul, assis près de ma caisse de bières, incapable d'ouvrir la moindre bouteille.

Un homme un peu âgé vient s'asseoir à côté de moi.

– C'est un temps de fiu, dit-il.

J'acquiesce en silence et je lui tends une bouteille.

Puis, je crois bien que je m'endors.

Quand je me réveille, il fait nuit noire. Je pense d'abord à papa, qui doit s'inquiéter en ne me voyant pas rentrer. Mais, malgré la lune qui brille, je ne saurais pas retrouver le chemin de la pension.

Je m'allonge sur le sol. Ma caisse de Hinano est pleine de bouteilles vides. Pendant que je dormais, certains ont dû se servir ; ils ont gentiment rapporté les bouteilles pour la consigne.

Je ferme les yeux. Je me sens un peu moins étranger à ce pays. Mais pas chez moi pour autant.

Le lendemain, je passe à la pension chercher des habits propres. Papa ne me fait aucune remarque, mais je le soupçonne d'avoir passé une partie de la soirée à m'attendre, une autre à me chercher, et de n'être allé se coucher qu'après avoir constaté que j'étais en vie, endormi sous mon cocotier.

Je vais chercher une nouvelle caisse de Hinano, et j'achète aussi une cuisse de poulet grillé. C'est du poulet surgelé, importé à grands frais sur cet atoll du bout du monde, mais il n'y a pas moyen, semble-t-il, de trouver du poisson cuit et je n'ai pas envie d'en manger du cru.

Au bout d'une période indéterminée, je vois un petit point à l'horizon, sur le lagon. C'est le bateau d'Hoanui.

Il s'installe à côté de moi, prend une bouteille, la décapsule et me la tend. Mais je n'ai pas envie de boire. Je lui fais signe de la garder.

Il la boit tranquillement, s'étire puis se relève.

– Viens, dit-il. J'ai trouvé quelqu'un qui a connu ta mère.

Nous voilà repartis sur son bateau. Cette fois, je me sens mieux, sûrement parce que je n'ai pas bu de bière.

Nous arrivons sur un autre motu, je n'arrive pas à comprendre comment on peut les distinguer, tant ils se ressemblent. Là, à l'ombre d'un cocotier, il y a une vieille femme édentée. Elle est en train de raccommoder un filet de pêche, et je suis frappé par le fait qu'elle est exactement dans la même position que la jeune fille, à la page treize du guide.

Ses yeux ne sont pas des puits sans fond, ils ont une lueur un peu trouble et ne semblent pas bien me distinguer. Hoanui engage la conversation en polynésien. Ça a l'air de devoir durer. J'attends. Je suis prêt à attendre plusieurs semaines s'il le faut.

La vieille femme se lève, elle vient vers moi. Elle pose la main sur ma tête, scrute au fond de mes yeux, comme si elle cherchait une réponse, puis elle dit quelques mots en polynésien.

Mon frère m'explique à voix basse :

– Elle dit que tu es le fils de Moana, donc le fils de l'océan. En polynésien, Moana veut dire Océan.

Je souris. J'y avais pensé, moi aussi.

La vieille femme reprend la parole. Elle m'embrasse sur le front. Puis elle se rassied, reprend ses filets, et fait comme si nous n'étions plus là.

– Elle dit que Moana est partie quand le cyclone a détruit le faré de ses parents. Elle dit qu'elle est allée s'installer à Rangiroa, sur un motu.

Je demande à Hoanui si la vieille femme n'en sait pas un peu plus sur l'endroit où je peux trouver ma mère. Mais celle-ci hoche la tête négativement.

– Rangiroa n'est pas si grand. Il suffit de demander, on saura où t'envoyer.

Depuis deux jours que je ne l'ai pas vu, ma colère contre papa est retombée. Je me sens même un peu coupable de l'avoir aussi mal traité.

Je rentre à la pension, et je le trouve, assis à l'ombre d'un cocotier, la mine sombre. Elle s'éclaircit quand il me voit.

– Quoi de neuf, fiston ? demande-t-il avec une voix qui me fait pitié.

Je lui explique que nous devons partir pour Rangiroa, le plus vite possible. Papa a l'air vraiment content que j'aie une piste. Et fier que j'y sois parvenu tout seul.

Il m'emmène manger des langoustes. Maman avait raison, c'est tout à fait succulent.

Il y a un bateau pour Rangiroa le lendemain, à l'aube.

Je n'arrive pas à dormir, tant j'ai peur de le manquer. Je me rends compte que c'est la même chose pour papa.

Je lui propose d'aller se promener un peu au bord du lagon, la nuit. Nous marchons en silence, et je me sens presque bien.

Je ne sais pas pourquoi, mais j'ai de moins en moins peur de rencontrer ma mère.

Sur le quai, Hoanui m'attend avec un collier de coquillages qu'il passe à mon cou. Cela me touche. J'enlève ma montre, et je l'attache à son poignet.

– C'est un cadeau de l'Océan, je dis en souriant. Enfin, de son fils.

La traversée est bien plus courte que celle qui nous avait amenés à Tikehau, et la mer est très calme. Papa a l'air heureux, je crois qu'il est très soulagé que je sois revenu.

Arrivés à Rangiroa, nous nous mettons en quête de quelqu'un qui pourrait nous renseigner. Cette fois, je laisse papa poser les questions. Je sens que ça lui fait du bien, de pouvoir participer.

Chaque fois que nous disons que je suis un enfant fa'a'amu, les visages s'éclairent. On nous oriente vers une vieille femme, assise à l'ombre devant son faré.

– Moana 'Aramoi'a vit ici depuis longtemps, dit-elle. Elle pêche du poisson avec son tané sur le motu Farerei.

La jeune fille qui se tient près d'elle depuis le début de notre entretien est d'accord pour nous conduire à ce motu, moyennant un petit dédommagement. Elle est jolie, et elle a l'air intelligente.

J'ai tellement attendu ce moment que cette fois, mon cœur ne bat plus la chamade. L'eau du lagon est très calme, presque transparente, quelques nuages nous permettent de ne pas avoir trop chaud sur la fragile embarcation. Papa me prend par l'épaule, et je le laisse faire.

Nous abordons enfin. La jeune fille appelle, en tahitien, et une voix grave, assez douce, lui répond, qui me fait frissonner.

Une femme apparaît, elle porte un paréo bleu noué à la taille et un tee-shirt blanc. Elle fait très jeune, et marche sans se presser, traînant un filet de pêche qu'elle était sans doute en train de raccommoder.

La main de papa serre mon épaule un peu plus fort.

Je comprends que c'est elle.

De son côté, elle regarde papa, puis moi, et elle part d'un immense éclat de rire, un éclat de rire de joie pure, comme un grand torrent d'allégresse. Puis elle vient vers moi, et je ne sais pas comment cela se passe, mais je me retrouve dans ses bras, un peu gêné, mais plutôt bien. Moana se met à parler. Elle parle, parle, sans s'arrêter, et au début je ne comprends rien, mais le son de sa voix me fait frissonner.

Après, je m'habitue à son accent, à sa manière très particulière de rouler les « r » et de parler presque en chantant.

Elle me dit qu'elle est heureuse de voir que je suis en bonne santé, qu'elle était triste de ne plus avoir de mes nouvelles, depuis le cyclone qui l'a forcée à déménager. Elle dit que mon papa popa'a n'a pas changé, qu'elle sait que c'est un homme bon, qu'elle a bien fait de me confier à lui. Ensuite, elle me dit que je suis chez moi chez elle, et que si je veux, je peux venir vivre sous son toit. Elle a un faré à elle, maintenant, et peut me recevoir.

Je demande si elle a d'autres enfants.

Moana répond en souriant :

– J'ai trois enfants à part toi. Deux garçons et une fille. Ce sont les enfants de mon tané. Pas les enfants de ton père. Viens avec moi, je vais te les présenter.

Je suis la jeune femme en paréo bleu comme dans un rêve. Cela me semble tellement incongru, de l'avoir enfin trouvée, que j'ai du mal à réaliser que c'est vrai.

Derrière son faré, je découvre trois gamins en train de jouer. Moana les appelle, elle leur dit quelque chose en tahitien, je reconnais le mot « fa'a'amu ». C'est bien de moi qu'elle parle.

Les enfants me regardent, viennent m'embrasser, puis retournent à leurs jeux. Moana nous fait signe de rentrer dans son faré. La jeune fille nous accompagne, nous aurons besoin d'elle tout à l'heure pour rentrer.

À l'intérieur, il n'y a qu'une grande pièce. Dans un coin, sont empilés des matelas. C'est là qu'on dort et qu'on vit en commun.

Moana m'entraîne dans un coin. Sur une petite table basse trône une photo dans son cadre.
C'est moi à l'âge de trois ans.

Elle rit, touche mes cheveux, s'amuse du son de ma voix.
– Tu parles comme un popa'a, s'esclaffe-t-elle gentiment.
Je souris à mon tour. Papa sourit aussi. Il dit à Moana qu'il ne la remerciera jamais assez. Que je suis un bon fils.
Je ne le montre pas, mais ça me touche.
Un homme rentre dans le faré. C'est le tané de Moana, le père des trois enfants.
Il me donne l'accolade, et me dit quelques mots en français.
– Bienvenue. Le fils de Moana est toujours bienvenu.

Il me propose d'aller pêcher du poisson avec lui. Je décline poliment. Je préfère rester avec Moana.

L'heure du repas approche. Elle se met à préparer un plat de poisson cru. Les enfants piaillent comme des petits moineaux. Mon beau-père est reparti pêcher. Papa est silencieux, mais je sens qu'il est près de moi.

J'ai l'impression de vivre un rêve. Un rêve qui me semble tout à fait naturel.

Une fois le plat de poisson cru mangé – je n'en ai jamais mangé d'aussi bon – nous nous levons pour repartir. Moana nous propose de rester pour la nuit. Je dis que je reviendrai demain. Elle sourit et m'embrasse, puis elle se met à chanter.

Mon corps entier vibre avec la musique.

Je suis sûr que c'est la chanson qu'elle m'a chantée, le jour où elle m'a donné.

Mes yeux brillent dans l'obscurité, mais je ne suis pas triste. Je me sens enfin rassasié.

Épilogue

Quand j'ai vu maman, toute petite, en bas de l'escalator, j'ai eu l'impression que mon cœur allait se mettre à fondre. J'ai couru le plus vite que je pouvais, et je lui ai sauté au cou.

Je me suis rendu compte que j'étais devenu plus grand qu'elle.

Elle ne m'a pas posé de question, elle s'est contentée de sourire en me serrant dans ses bras.

Je suis rentré chez moi, ma chambre m'a paru très curieuse, comme si rien de tout ça n'était vrai, ou alors, comme si c'était la Polynésie qui n'était pas vraie.

Je me suis souvenu de ce que je pensais, avant de partir. De ce que j'avais dit à ma prof de SVT : je suis déplacé.

Je ne me sentais plus déplacé.

J'étais loin d'avoir tout compris de mon histoire. Mais j'avais compris deux choses que je n'oublierais pas de sitôt.

D'abord, ma mère polynésienne ne m'avait jamais rejeté. Je n'avais pas senti l'ombre d'une trace de culpabilité, durant les trois jours que j'avais passés dans son faré, à l'aider à pêcher le poisson, à préparer la nourriture et à s'occuper de mes deux frères et de ma sœur.

J'avais ma place dans son cœur, et je l'aurais toujours.

Ensuite, ma vie était ici. Je ne m'étais pas senti mal, là-bas, et j'avais très envie d'y retourner. D'apprendre à parler le polynésien, pour pouvoir mieux comprendre Moana. Mais je n'y étais pas vraiment chez moi. Ma vie était ici, et c'était bien comme ça.

Je me suis fait prendre en photo partout : dans ma chambre, devant la porte de l'immeuble, au collège, avec Julien… Et j'ai envoyé ces photos là-bas, à Rangiroa, pour ma mère polynésienne.

Ensuite, je suis allé rendre une petite visite à tata Béa. Pour m'excuser, un peu, de tout le mal que j'avais pensé d'elle, il m'a semblé que le plus approprié était de lui apporter un cadeau pour son chien.

Ça l'a touchée, il n'y a pas à dire.

Je ne suis pas resté assez longtemps pour qu'elle puisse commencer à entonner un couplet sur sa petite sœur, gentille mais complètement inconsciente, ou sur son beau-frère, un brave type qui se laissait mener par le bout du nez. Je lui ai juste dit que je la remerciais de m'avoir permis d'aller là-bas. Que ça m'avait fait énormément de bien. Que grâce à ça, je savais un tout petit peu plus qui j'étais.

La dernière chose vient juste de se produire. Je sentais que maman avait besoin de me parler. Alors, pour éviter qu'elle vienne, comme d'habitude, sur le seuil de ma chambre, avec son air timide qui m'exaspère, je lui ai proposé qu'on aille se promener un peu tous les deux. Ça faisait longtemps que j'avais envie d'aller en forêt, alors on a pris le RER et on est descendus à Saint-Germain-en-Laye.

On a marché longtemps sans rien se dire, au milieu des futaies. Je me sentais parfaitement bien.

Je marchais sur la terre, de ce côté de la planète, et je pensais à Moana, dans son faré avec ses trois enfants, et il me semblait que tout était à sa place, avec ce pont fragile de la pensée qui reliait la terre d'ici au sable de là-bas.

Sur le chemin du retour, maman s'est arrêtée, elle s'est plantée face à moi et elle m'a dit, avec la voix qui tremblait, qu'elle avait vraiment besoin que je lui pardonne.

J'ai ouvert de grands yeux en lui demandant quoi.

TABLE DES MATIÈRES

L'AUTEUR

Béatrice Hammer a toujours adoré les romans. Un jour, elle s'est mise à écrire une histoire qu'elle aurait bien aimé lire : c'est devenu son premier roman. Depuis, elle ne s'est plus arrêtée...
Elle a commencé par écrire des livres pour les adultes, puis elle s'est mise à en écrire aussi pour la jeunesse : en regardant vivre ses deux filles, qui sont de grandes lectrices, il lui vient beaucoup de nouvelles idées.
Béatrice Hammer vit à Paris, mais quand elle peut, elle adore aller respirer l'océan.

L'ILLUSTRATEUR

Antoine Guilloppé est né à Chambéry en 1971. Après des études à l'école Émile-Cohl de Lyon, il s'installe à Paris et réalise ses premiers romans pour la jeunesse en tant qu'auteur-illustrateur.
Il vit aujourd'hui à Montrouge et continue de publier des albums chez différents éditeurs, tout en illustrant bon nombre de couvertures de romans pour la jeunesse.

DANS LA MÊME COLLECTION

à partir de huit ans

L'amour c'est tout bête, G. Fresse.
B comme Amour, N. Denes.
Une baleine sur la plage de Saint-Malo, R. Judenne.
Le blog des animaux, M. Cantin.
Une certaine Clara Parker, S. Valente.
La chambre des chats, M. Freeman.
Mon chat mes copines et moi, M. Cantin.
Chien riche, chien pauvre, K. Cave.
Mon chien va à l'école, C. Cahour.
Le club des animaux, M. Cantin.
Comment devenir parfait en trois jours, S. Manes.
Comment je suis devenue grande, B. Hammer.
Confidences entre filles, F. Hinckel.
Les disparus de Fort Boyard, A. Surget.
La drôle de vie d'Archie, A. Laroche.
L'été des jambes cassées, C. Le Floch.
Expert en excuses, K. Tayleur.
Expert en mensonges, K. Tayleur.
Mon extraterrestre préféré, É. Brisou-Pellen.
Le fils des loups, A. Surget.
Le fils de l'océan, B. Hammer.
Fils de sorcières, P. Bottero.
La grande évasion des cochons, L. Moller.
L'hiver des gros ventres, C. Le Floch.
Le jour où j'ai raté le bus, J.-L. Luciani.
Mon journal de guerre, Y. Mauffret.

La lettre mystérieuse, L. Major.
La maison à cinq étages, G. McCaughrean.
Météorite, P. Bottero.
Où sont les animaux ?, D. Nielandt.
La petite fille qui vivait dans une grotte, A. Eaton.
Petit-Féroce n'a peur de rien, P. Thiès.
La plus grosse bêtise, É. Brisou-Pellen.
Ma première fête surprise, N. Charles.
Ma première soirée pyjama, N. Charles.
Mon premier week-end sans parents, N. Charles.
Le prince de mes rêves, R. Flynn.
Princesse en danger, P. Bottero.
Le ranch des mustangs, S. Siamon :
- Cheval rêvé
- Cheval de feu
- Cheval de nuit
- Cheval sauvage
- Cheval fougueux
- Cheval invisible.

Au royaume des dinosaures, R. Judenne.
Une potion magique pour la maîtresse, G. Fresse.
Une sorcière à la maison, V. Petit.
Un vampire à l'école, Y.-M. Clément.
Mes vacances au camping, S. Daniel.
Vive les punitions !, G. Jimenes.
Le vrai prince Thibault, É. Brisou-Pellen.
La vraie princesse Aurore, É. Brisou-Pellen.
Zanzibar toi-même !, C. Couprie / G. Magro.

Achevé d'imprimer en France
par l'imprimerie Maury en avril 2010
Dépôt légal : mai 2010
N° d'édition : 5180 - 01
N° d'impression : 154726